아리스토파네스와
고대그리스 희극공연

아리스토파네스와 고대그리스 희극공연

이 정 린 著

목 차

머리말

연극사를 다룬 문헌에 빠짐없이 등장하는 고대그리스 극장 유적의 규모는 보는 사람에게 깊은 인상을 심어주기에 충분하다. 주로 소극장 공연을 통해 연극을 접하는 현대인들의 관점에서 고대그리스 극장의 압도적인 크기는 마치 문학적 장르의 공연 시설과는 별개의 다른 사회적 행위로 산물로 보이기도 한다. 연극이 그들에게 어떤 것이었기에 이런 거대한 극장을 필요로 했을까? 이런 궁금증은 연극사의 첫 부분을 장식하는 고대그리스 연극 항목을 자세히 읽어도 확실하게 풀리지 않는 것 같다. 그 사이 이와 관련된 연구서가 나올 것을 기대했지만 아직까지 실현되고 있지 않다.

따라서 이 책의 관심은 무엇보다 오늘날과 비교했을 때 고대그리스 희극의 실제 제작환경에 대한 지식이다. 이를 위해 희극 공연을 규정한 당시의 제도적 측면과 실제 공연 관행을 주로 다루고 있다. 이것은 필연적으로 당대의 사회, 정치, 문화에 대한 지식과 연관을 필요로 한다. 그 때문에 이 책의 주요 관점은 '희극의 문화사'라고 할 수 있을 것이다.

한편 고대그리스 비극에 대해서는 국내에서도 다양한 연구 자료가 있고 세 비극작가에 대해서는 많이 연구되어 있는데 비해 전성기 고대 희극작가로는 거의 유일하게 작품을 남긴 아리스토파네스의 희극에 대해서는 일부 작품 번역 이외에는 별로 알려져 있지 않다. 하지만 자세히 들여다보면 기원전 5세기의 희극은 비극 이상으로 고대그리스 사회, 문화, 정치의 핵심적인 장소였고, 당대의 희극 공연의 수나 사회적 영향력은 오히려 비극을 능가하는 수준이었다는 점을 알 수 있다. 무엇보다 희극의 현실연관성과 공연의 퍼포먼스적 특성이 아리스토파네스 희극을 위시한 당대 희극의 존재가치였다. 그 때문에 전성기의 고대그리스 희극의 유일한 증거인 아리스토파네스 희극 이해를 위한 사회적 환경 연구라는 관점에서 책의 제목을 '아리스토파네스와 고대그리스희극 공연'으로 정했다. 원래 이 연구가 2003년 학술진흥재단의 선도연구과제인 '아리스토파네스 희극연구'의 일환이었던 것도 이 책의 구성에 영향을 미쳤다. 다만 기원전 5세기 희극의 구조가 공연환경과 밀접하게 연관되어 있다는 점을 확인하기 위해 고대희극의 구조를 다룬 부분에서 아리스토파네스 희극의 일부 작품이 거론되고 있지만 본격적인 아리스토파네스 희극 작품에 대한 연구 결과는 다음기회로 미룬다.

여러 가지로 미흡한 점이 없지 않지만 앞으로 나오게 될 아리스토파네스 희극작품에 대한 연구와 함께 '희극과 공동체'의 상호관계에 주목한 이 책이 고대그리스 희극 세계에 대한 폭넓은 이해를 통해 현재 우리 사회의 문화적 의제로 볼 수 있는 가치 상대주의와 다원적 세계인식, 축제와 놀이에 대한 새로운 시각의 형성, 공동체 문화의 맥락 속에서 예술의 사회적 기능과 역할에 대한 이해, 대중문화에 대한 근본적인 인식 전환에 기여할 수 있었으면 하는 바람이다. 또한 기원전 5세기의 고대그리스 희극이 가지는 지속적이고 견고한 현실 연관성과 상상력의 결합에 대한 연구는 우리 사회에서 공동체적 삶에 기반을 둔 희극 예술을 제고하는 데에도 도움이 될 수 있을 것이라 생각한다.

이 연구가 가능하도록 재정을 지원해 준 한국학술진흥재단과 고대그리스 희극의 현대공연 자료를 열람할 수 있도록 허락해 준 아테네 연극박물관에 감사드린다. 그리고 7, 8월의 폭염아래 그리스 고대 극장 유적 순례에 동참해 준 유미희 박사와 이지해에게 특별히 고마움을 표한다.

2006년 8월 이정린

제1장 개관－아리스토파네스와 고대그리스희극

　고대그리스 희극은 기원전 486년에서 기원전 120년 사이에 256명 이상의 작가가 활동했고, 2300편 이상의 작품이 공연될 만큼 성황이었다. 그렇지만 아쉽게도 그 중에서 230편의 서로 다른 필사본으로 전해지는 아리스토파네스의 11개 희극과 작품 흔적 일부, 신(新)희극으로 분류되는 메난드로스의 희극 1편과 내용을 충분히 알 수 있는 5편의 작품밖에 전해지는 것이 없다. 그 밖에 다른 희극작가들의 작품 일부도 전해지지만 그 양이 원래의 작품 내용을 이해하기 힘들 정도로 단편적이어서 독립된 작품으로 취급되지 않는다.

　이처럼 당대의 희극 작가의 수에 비해 남아 있는 희극의 절대적인 양이 부족할 뿐 아니라 공연 장소 역시 오랜 시간을 겪으면서 원래의 모습을 찾아보기 힘들게 되었다. 그래서 기원전 4세기 이후 아테네 연극이 그리스와 헬레니즘 세계로 확산되었을 때의 유적들은 비교적 많이 남아 있지만 고대 아테네 연극, 특히 희극의 황금기로 불리는 기원전 5세기의 유적은 사실상 거의 없다.

　다만 이 시기 연극의 사회적 맥락을 추측하게 하는 고고학적 유물로서 아테네의 디오니소스극장이 남아 있고, 아테네 공동체에 대한 사료들, 아테네 사회에서 연극이 차지하는 위치에 대한 문서기록들이 남아 있기 때문에 거기에서 고대 연극에 관련된 기본적인 사항들에 관한 정보를 얻을 수 있을 뿐만 아니라1), 극히 제한적이긴 하지만 이 극장에서 직접 공연된 작품들을 텍스트와 항아리그림 등을 통해 접할 수 있다는 점이 당대의 희극을 연구하는 기반이 되고 있다.

서구에서는 이런 기초적인 자료들을 통해 당대의 연극 공연 방법과 스타일을 찾으려는 연구가 상당부분 진행되어 왔다.2) 이 책 역시 주로 이런 서구의 이차연구들을 토대로 정치, 문화, 사회적 맥락이 아리스토파네스 희극을 위시한 고대희극의 공연관행과 구조에 어떤 영향을 끼쳤는지 추적하고 있다.

그렇다 하더라도 현대와의 시간적인 차이 때문에 발생하는 평가 자료의 한계는 어쩔 수 없을 것이다. 고대 연극의 유물 및 관련서지에 관한 평가에 대한 최근의 연구에서는3) 특히 다음과 같은 연구 역사의 문제를 지적하고 있다.

"소위 그리스 연극에 대한 많은 진실은 의문의 여지가 있는 증거에 과다하게 의존하여 생성된 것이다. 모순되는 증거들이 많은 데도 불구하고 그것이 이미 정설로 굳어진 도그마와 다툼의 여지가 있을 때는 무시되었다. 그리스 연극에 대한 문서 증거들은 때로 그것의 진위가 의심스럽다는 점을 염두에 두어야 한다. 또 연구자들의 편견과 관점의 한계, 연구대상이 갖고 있는 시간상의 차이를 염두에 두면서 회의적인 시선을 가지고 접근해야 한다. 현대 저자들의 많은 견해들은 고대의 저자들이 기록한 시각과 배치되는 증거를 반박하는 것이 자신들의 주요 과제의 하나라고 느꼈던 19세기 고전학자들에 의해 단련되었던 것이다."

---

1) 이런 자료들을 포괄적으로 번역, 수록하고 해석하고 있는 최근의 문헌으로는 Csapo 와 Slater 공저인 『The Context of Ancient Drama』(Michigan 1994)가 있다.
2) 고대 연극의 유물 및 관련서지의 평가에 대한 문제는 Vgl. Ashby, Classical Greek Theatre, S.1-23.
3) Ashby, Classical Greek Theatre, S.1-23. 아래 인용문은 13쪽.

고대 희극을 다룬 많은 2차 문헌들이 주로 추측을 드러내는 문장으로 이루어져 있는 것은 바로 이 때문일 것이다. 특히 이런 자료의 한계는 아리스토파네스의 생애를 알려고 할 때 더욱 두드러진다.

1. 아리스토파네스

한정된 사료와 11편의 희극작품을 토대로 그의 생애와 작품을 개괄적으로 살펴보면, 기원전 5세기 구희극(Alte Attische Komödie)[4]의 거의 전부라 할 수 있는 작품을 남긴 아리스토파네스는 기원전 5세기의 40년대에 태어난 것으로 추정된다.[5]

---

4) 고대그리스 희극은 일반적으로 구희극과 신희극, 양자 사이에 놓인 중기희극으로 분류된다. 구희극 작가로는 아리스토파네스 외에 크라니토스 Cranitos와 크라테스 Crates, 에우폴리스 Eupolis 등이 있지만 전해지는 작품이 모두 아리스토파네스의 11개 희극에 지나지 않기 때문에 고대그리스 희극과 관련해 '구희극'이라 하면 '아리스토파네스 희극'을 의미하고, '중기희극'이라 하면 '아리스토파네스 희극 중 마지막 두 작품'을 의미한다.

5) 그의 생애에 대해서는 알려진 것이 거의 없다. 외형상의 특징으로는 〈기사〉와 〈평화〉에서 스스로 대머리였다는 점을 밝히고 있다. Vgl. Die Komödien des Aristophanes. Übersetzt und Erläuterung von Ludwig Seeger, 1 Band / Text, Berlin(o.J.) (이하 Die Komödien des Aristophanes, S. 로 표기), S.250. 〈Der Frieden〉 767-774.행. 왼쪽 흉상의 출처는 Ministry of Culture and Sciences: democracy and classical culture. National Archaeological Museum 21 June-20 October. Athens 1985. S.87. 이 외에도 제각각 다른 아리스토파네스의 흉상이 있는데, 아리스토파네스가 자신의 외모에 대해 '대머리'라고 한 데서 이것을 그의 흉상으로 추정하고 있다. 그에 관한 기록으로는 플라톤의 대화 〈향연〉에 시인 아가톤의 집에 모인 아테네 지성인들의 모임에 참석한 것이 있다. 여기서 그는 에뤼크시마코스, 아가톤, 알키비아데스, 소크라테스 등 참석자들이 에로스에 관한 견해를 차례로 피력하는 가운데 "예술이란 익살의 독점물"이라 말하면서 인간의 자웅동체 기원에 대해 자신의 독창적인 논지를 설파하고 있다. 그는 아테네의 중요한 인사들 모두와 친분이 있었고, 소크라테

아리스토파네스는 중부 그리스 반도(아티카)의 판디오니스(Pandionis) 부족 출신으로, 사회적 신분은 아테네 아고라 북쪽에 위치한 지역구(Deme[6]) 키다텐(Kydathen)의 시민이었다.[7] 그러니까 아리스토파네스는 아버지와 할아버지 세대에 만들어진 아테네 민주제(Demokratia) 시대에 태어났다.

아리스토파네스(Paris, Louvre)

또한 아테네가 그리스 세계에서 권력과 권위의 정점에 도달하던 무렵의 페리클레스 치하의 정치, 문화적 분위기에서 성장했다.

아리스토파네스가 성장하던 시기에 이미 아테네는 예술 및 지적 생활에서 중심지로 부각되었고, 아테네 인들은 부와 제국주의적 리더십을 상징하는 파르테 논 신전을 건설하고 무역과 관광의 집중을 통해 지중 해 전 지역 및 그 너머의 세계와 접촉할 수 있었다.

반면에 그리스 도시들의 동맹을 이끄는 맹주로서 아테네는 동맹국들을 점 차 제국주의적으로 지배해 갔으며, 스파르타와 대결하게 되었다. 결국 이런 대결상황은 기원전 431년의 전쟁으로 나아갔고, 기원전 404년 아테네의 패 배로 끝을 맺었다.

스, 알키비아데스, 비극작가 아가톤 등을 조롱하기도 했다. 플라톤 〈향연〉 (최현 옮김, 범우사 2002년 2쇄, 15-121쪽) 참조. 플라톤의 평가에 따르면 아리스토파 네스는 자신이 속한 세계를 잘 알았고, 또 그것을 정확하게 기록했다. 시라쿠스의 참주 디오니시우스(Dionisius)가 아테네 사람들과 제도에 대해 묻자 플라톤은 아 리스토파네스의 희극들을 보냈다고 전해진다. Spatz, Aristophanes, 15쪽 이하 참조. 아리스토파네스의 생애에 대해서는 또한 Mcleisch, A guide to Greek Theatre and Drama, S.196-197쪽 참조.
6) deme 도시 아테네 외곽 아티카 지방의 한 구역 혹은 작은 마을.
7) 그의 아버지 이름은 필립포스(Philippos)로 확인되지만 세 아들에 대해서는 여러 의견이 있다. 아들들의 이름은 아라로스(Araròs), 필레타이로스(Philetairos) 혹은 니코스트라토스(Nikostratos) 등이 거론되는데, 아라로스는 아버지 대신 기 원전 387년 도시디오니소스제에서 1등 상을 수상한 말년의 작품 〈코칼로스〉와 〈아이올로시콘 2〉를 공연한 바 있고, 셋째 아들의 이름은 불분명하다. 특히 거론된 아들들 이름 모두가 희극작가들의 이름이기도 해서 희극작가인 아리스토파네스의 가계를 의도적으로 만들어냈을 가능성도 있다고 보고 있다.

아리스토파네스가 기원전 427년에서 388년 사이에 쓴 40개의 작품 중에 11개의 희극이 지금까지 전해지고 있다. (아래 도표참조) 그 중 9 개의 작품이 펠로폰네소스 전쟁 동안 제작되었고, 그의 희극 속에 들어 있는 환상적인 플롯들은 실제적인 전투와 정치적 변화의 흥망성쇠에 기반하고 있다.

기원전 421년까지의 첫 번째 시기(〈바빌로니아 주민들〉〈하객〉〈아카르나이 주민들〉〈기사〉〈구름〉〈벌〉〈평화〉8))에 아리스토파네스는 두 개의 주요 디오니소스 축제(도시디오니소스제와 레나이아제)에 희극을 상재해 수상했고, 그와 거의 동시대의 뛰어난 희극작가인 에우폴리스(Eupolis)와 함께 희극삭가의 위치를 확고히 다셨다.

제작 (BC)	제 목	원 제	공 연	주제 및 배경
425	아카르나이 주민들	Acarnes	레나이아제에서 우승	단편만이 전해지고 있고, 외교정책에 대한 비판으로 알려진 초기 작 〈바빌로니아 주민들〉과 유사하게 주전론자(主戰論者)들의 우행을 공박하고 평화에 대한 염원을 표출
424	기 사	Hippeis	레나이아제에서 우승	스파르타 원정을 주장하는 정치지도자 클레온을 공격하며 아테네가 승승장구하던 과거에 대한 향수를 표출
423	구 름	Nephelei	도시디오니소스제에서 3등	전해지지 않은 초기작 〈하객〉과 유사하게 교육방법, 특히 소피스트들의 새로운 철학적 담론에 대한 비판적 공격(지금남아있는 것은 기원전 418-416사이에 다시 쓴 것으로 공연되지 않음)
422	벌	Spehekes	레나이아제에서 2등	〈구름〉과 유사한 소재를 다루나 세대간 갈등이 첨가됨. 아테네의 법률제도, 특히 클레온 추종자들의 소송광증과 당대의 횡령재판에서의 클레온의 패배를 조롱

---

8) 〈바빌로니아 주민들〉은 작품의 극히 일부가 전해지고, 〈하객〉은 전해지지 않는다.

제작 (BC)	제목	원제	공연	주제 및 배경
421	평화	Eirene	도시디오니소스제에서 2등	아테네와 스파르타 간의 평화조약을 소재로 평화를 통한 국가의 부흥과 국민들, 특히 농부들의 윤택한 삶에 대한 희망을 피력. 에우리피데스의 작품일부를 패러디.
414	새	Ornithes	도시디오니소스제에서 2등	〈기사〉와 유사하게 소송광증을 다루나, 폴리스 아테네의 민주정치의 제문제를 환상적 구성을 통해 문제시하는 수단으로 이용
411	뤼시스트라테	Lysistrate	장소 및 등수 미상	전쟁을 담당하는 남편들과의 잠자리를 거부하는 여인들의 기발한 착상을 통해 전쟁과 평화의 문제를 희극적으로 처리
411 추정	테스모포리아축제에 참가한 여인들	Thesmophoriazousai	도시디오니소스제에서 공연된 것으로 추정, 등수 미상	〈개구리〉와 마찬가지로 동시대 문학의 콘텍스트 안에 서 있는데, 에우리피데스의 작품들을 내용상, 문체상으로 패러디하고 있다.
405	개구리	Batrachoi	레나이아제에서 우승	문예비평을 테마로 당대의 비극작가 에우리피데스와 패러디를 통한 논쟁시도
392 추정	여인들의 민회	Ekklesiazousai	장소와 등수미상	현실에 대한 인식이 부족한 정치인들을 풍자. 특히 사유재산제도를 문제시하고 공산주의 기초위에 정치 재건을 피력. 부인과 자녀의 공유, 영웅주의 배격을 볼 수 있다.
388	부(富)의 신	Ploutos	장소와 등수미상	〈여인들의 민회〉가 공동소유를 다룬 반면 개인적인 소유의 문제를 풍자적으로 다룸

아리스토파네스 희극의 공연 시기를 통해 알 수 있듯이 그의 희극작가로서의 이력의 대부분은 아테네의 헤게모니가 도전받는 시기에 걸쳐 있고, 이력의 후반부는 도시의 재건과 새로운 리더십의 등장을 증언하고 있다. 그의 작품에 스며 있는 정신은 아테네의 지배시기와 후기의 재조정의 국면 모두를 반영하고 있다.

한편으로 그의 작품이 기원전 470년에서 430년 사이의 아테네 전성기 시절의 자유와 넘치는 에너지, 민주주의적 자기 확신과 문화적 자기 확신의 표현이었다면, 다른 한편 그의 희극은 아테네의 자기 확신이 엄청난 갈등으로 시험대에 오르고 위협받는 시대정신의 표현으로 볼 수 있다.

아리스토파네스의 희극은 당대의 정치, 사회적 현실을 직접적으로 거냥한 넓은 의미의 정치극이었다. 그래서 그의 작품 안에는 아테네 현실과 연관해 대외전쟁에 대한 비판(〈아카르나이 주민들〉〈평화〉〈뤼시스트라테〉), 정치가, 작가, 철학자에 대한 조롱(〈기사〉〈구름〉〈개구리〉〈테스모포리아축제에 참가한 여인들〉), 정치 제도와 폴리스에 대한 비판(〈벌〉〈새〉) 등이 포괄적으로 다루어지고 있다. 뿐만 아니라 당대의 사회 문화적 경향이나 시사적인 사건들도 직, 간접적으로 언급된다. 이러한 희극의 현실 연관성은 그 시대의 희극에 요청되는 것이었고, 희극작가로서 아리스토파네스는 연극적 전통과 자신만의 독특한 발상, 가치관을 결합시켜 스펙터클하고 서사적이며 연극적인 특성을 가진 희극을 만들어냈다.9)

세 작품은 직접적으로 평화에 대한 담론을 둘러싸고 전개된다. 〈아카르나이아주민들〉에서 아테네 민회가 이 문제를 논의하기를 거부하기 때문에 주인공은 스파르타와의 사적인 휴전을 체결한다. 기원전 421년 '니키아의 평화'가 한창 협상 중이던 때 만들어진 〈평화〉에서 주인공은 전 그리스를 위해 오랫동안 묻혀 있던 평화의 여신을 부활시킨다. 또 기원전 411년 시칠리아에서 당한 아테네인들의 재난과 적대감이 재발한 뒤에 공연된 〈뤼시스트라테〉에서 양 진영의 여성들은 전쟁에 반대하는 섹스 스트라이크를 꾸민다. 물론 연극 속에서 여성들은 전쟁을 끝낼 황당한 계책을 성공리에 달성할 수 있지만 실제 상황은 그렇지 않았다. 전쟁에서 아테네의 궁극적인 패배가 임박했을 때 아리스토파네스는 〈개구리〉에서 실제로 디오니소스극장에 모인 그의 동료 시민들에게 진지한 정치적 조언을 제공하기도 했다.

그의 생애에 전쟁이 가장 중요한 역사적 계기였지만 그것이 아리스토파네스의 유머와 위트를 탄생시킨 유일한 주제는 아니다. 그의 희극은 전쟁 중

---

9) '아리스토파네스 희극의 구조' 편을 참조.

인 아테네를 배경으로 또한 삶 자체의 주요한 갈등들을 극화하고 있다.

구세대와 신세대 간의 적대감은 작품들마다 흐르고 있는데, 특히 〈구름〉과 〈벌〉에서 아들과 아버지 간의 대립 속에서 구현된다. '좋았던 옛날'을 대변하는 구세대와 '황무지'를 만든 개혁자들 간의 갈등 역시 신, 구세대의 대립이라는 주제와 관련되어 있다. (〈개구리〉〈구름〉〈벌〉) 또 결혼을 전쟁터 삼아 벌어지는 양성(兩性)간의 전쟁은 〈테스모포리아축제에 참가한 여인들〉과 〈민회의 여인들〉 및 〈뤼시스트라테〉의 주제이다. 부자와 가난한 자, 권력자와 억압받는 자의 대립 역시 그의 희극 전체에서 찾을 수 있다. 극단적인 경우에는 종종 패배자가 이상적 사회를 건설함으로써 과격한 발상을 실현시키기도 한다. (〈새〉〈민회의 여인들〉〈부의 신〉)

아리스토파네스는 지식인들이든(〈구름〉), 시인들이든(〈개구리〉,〈테스모포리아축제에 참가한 여인들〉) 혹은 허풍쟁이 군인들이든(〈아카르나이주민들〉) 누구를 막론하고 위선적인 모든 것을 조롱한다. 바보의 어눌한 말을 통해 가장(家長)의 위선을 노출하기도 하고, 신체적 기능을 빗대어 사회 일반의 위선을 희화화시키기도 한다. 속물적인 시민들의 허풍이 있는 곳에서는 우둔한 사람의 단순성을 통해 지혜가 어떤 것임을 보여주고, 이성의 언어에 창자나 생식기, 성교 같은 본능을 드러냄으로써 이성적 존재로서 인간의 한계를 끊임없이 상기시킨다. 따라서 그의 작품을 규정하는 짙은 외설성은 단순한 음담패설이 아니라 인간의 본질에 대한 철학적 사색에 비견할 수 있는 허구의 외피를 두른 철학적 담론이다.

〈뤼시스트라테〉에서는 섹스를 열망하는 남자와 여자들 모두 상대의 마음을 되돌리기 위해 계략을 꾸미고, 〈테스모포리아축제에 참가한 여인들〉에서는 여성들의 축제에서 어떤 일이 벌어지는지 알고 싶어 여자로 분장해 여성들만의 축제에 잠입하는 남자도 있다. 이럴 때 그의 희극은 본능의 측면을 자유롭게 발설함으로써 관객들로 하여금 사회적 구속으로부터의 일시적, 상징적 해방의 계기를 마련해주고, 육체성에 대한 관객들의 양면적 의식을 '배설'할 수 있는 자유를 허용한다.

이와 같은 그의 소위 '인간적' 희극의 배경은 아테네 자체로서 도시의 다양한 제도, 아테네의 정체성과 시민들의 보편적 갈등의 근원지를 무대로 하고 있다.

소피스트들에 의해 소개된 새로운 교육 이론은 〈구름〉에서 왜곡되고 조롱된다. 반면에 〈벌〉에서는 민주주의의 자부심인 아테네의 재판체제가 속임수에 좌우되는 것으로 표현된다. 도시국가 아테네의 공동체 문화의 일부인 시인들과 문학작품이 지속적으로 패러디되고, 심지어 구체적인 사회악의 상징이 되기도 한다. (〈테스모포리아 축제에 참가한 여인들〉와 〈개구리〉)

〈기사〉에서는 아테네의 정체성을 지지하는 민주제를 혹독하게 공격하기도 하고, 〈새〉에서는 시민들의 정치적 태도와 그것이 도시국가의 삶에 끼치는 영향이라는 중요한 주제를 취한다. 여기에서 도시에서 도망친 두 시민은 '열광적이고 제국주의적인' 아테네와 마찬가지의 도시를 똑 같이 '열광적이고 제국주의적으로' 하늘에 건설하여-현대작가 막스 프리쉬의 〈비더만과 방화범들〉, 브레히트의 〈억척어멈과 그녀의 아이들〉에서처럼-'생산적으로 생각'하지 못하는 인간의 '교화불가능성'을 증명한다.

무엇보다 아리스토파네스가 정치적 작가로 유명한 것에서 알 수 있듯이 그의 희극은 아테네의 막강한 권력자들을 날카롭고 자유분방하게 공격했다.

아리스토파네스 희극에서 가장 지속적으로 풍자와 비판의 대상이 된 사람은 페리클레스 사후 유명한 정치가이자 가장 강력한 지도자였던 클레온이었다. 클레온은 〈기사〉에서 당대의 선동가로 등장해 정치가들의 화려한 언변과 속임수를 공격하기 위한 중심인물이 되고 있다.10)

---

10) 아리스토파네스의 클레온에 대한 적대감은 스파르타에 대한 전쟁은 불필요하며, 중단되어야 한다는 그의 신념과 연관된다. 그의 클레온에 대한 항의중 하나는 그가 평화를 이루려는 노력들을 방해한다는 것이다. 하지만 비판의 범위는 이것을 훨씬 넘어선다. 그리고 그것은 단지 조크가 아니라 클레온의 명성에 흠을 입히고 아테네 사람들로 하여금 민회와 법정에서 그를 지지하는 것을 막으려는 의도였다. 아리스토파네스를 기소한 클레온의 반응으로부터 그것은 충분히 증명되고 있다. 아리스토파네스는 반 클레온 운동을 그가 아테네에 행한 최고의 봉사 중 하나로 간주했다. Vgl. MacDowell, Aristophanes and Athens, S.350f.

소크라테스 역시 〈구름〉에서 현란한 언변가의 대변자로서 소피스트로 등장한다. 반면에 에우리피데스는 종종 비극이 갖고 있는 지나친 진지함을 풍자하고 보다 젊은 세대의 부족함을 희화하기 위해 등장시킨다. (〈아카르나 이주민들〉〈테스모포리아축제에 참가한 여인들〉〈개구리〉)

그리스의 신들 역시 그의 희극이 겨냥하는 풍자와 희화화의 제물이 된다. 그래서 〈평화〉와 〈새〉에서 헤르메스와 포세이돈, 제우스신 같은 올림푸스의 신들은 욕심 많고 탐욕스러운 인간과 똑같이 행동한다. 〈개구리〉의 디오니소스 신 역시 자신의 노예와 서로의 정체성을 바꾸어버리는 익살꾼으로 등장한다.

이렇게 아리스토파네스의 희극은 화려한 언어, 부조리를 포착하는 감식력과 예리함이 작가의 뛰어난 상상력과 결합되고 있다. 또한 풍자와 패러디, 환상적인 과장과 함께 정치, 경제, 문학, 철학, 수사학, 논리학 등 당대의 모든 삶의 영역을 망라한 다양한 형태의 비판들 역시 그의 희극의 본질적인 부분임을 증명하고 있다.

궁극적으로 아리스토파네스는 자신의 시대의 변화를 희극이라는 예술 형식을 통해 기록한 사람이었다. 더 나아가 그는 희극의 지적, 예술적 기준을 한 단계 높인 공로자로 인정된다. 그럼에도 불구하고 그의 정치적, 도덕적 영향은 항상 일정한 성과를 거두지는 못했다. 플라톤과 크세노폰이 〈구름〉에서 등장시킨 소크라테스 초상이 소크라테스에 대한 불신을 야기했다는 이유로 비난했던 것은 당시에 그에 대한 대표적인 공적인 판단의 하나였다.

아리스토파네스의 생애 말기에 구희극에서 신희극으로 고대 희극의 경향이 변화했다는 것은 그가 죽었을 때 그의 작품이 이미 주변부로 밀려나기 시작했다는 것을 의미한다. 남아있는 11개의 작품은 공연이 지속되어 남은 것이 아니라 그리스 문학을 수집한 3세기 알렉산드리아 도서관 학자들이 되살려 낸 것이다.

또한 그의 작품들이 재발견되어 읽히게 된 것은 르네상스기에 이르러서였다. 이때에도 마찬가지로 그의 희극의 철저한 '현실 연관성'이 작품의 보편적인 수용을 방해했다. 오히려 그의 희극은 이후 3세기 동안 연극의 원형으로서가 아니라 고대그리스, 특히 아테네의 사회사 연구의 자료로 보다 많은 관심을 받았다.

독일에서 아리스토파네스가 재발견된 것은 18세기 낭만주의 작가들과 이론가들에 의해서였고, 거기에서도 그의 희극이 갖는 공격적 현실비판의 특성 대신 구속으로부터의 자유와 보편적인 유머의 관점만이 - 사회적 통합을 훼손할 수 있는 풍자와 신랄함, 비판적이고 비타협적 공격성 대신 무해한 웃음과 현실의 제약으로부터의 일탈과 자유의 공간을 창조하는 '순수한 희극' - 강조되었다.11)

아리스토파네스는 기원전 386년 혹은 그 직전에 죽었다. 앞서 본 것처럼 그의 작품 중에서 현재까지 남아 있는 완전한 작품은 11개에 지나지 않는다. 그 밖에도 32개 작품의 제목이 남아 있으며, 거의 1000개 정도의 단편과 인용이 전해진다.

그의 작품들이 후대의 작가들의 호기심을 불러일으키긴 했지만 번역의 문제라든지 현실 연관성, 그가 제기한 윤리적 주제들을 이해하는데서 오는 어려움 등에 의해 그의 영향력은 제한적이었다. 그 중에서도 가장 큰 문제는 비판과 조롱의 과격함과, 종교적 문제에 대한 신랄함, 다른 고대 문학 작품들과 비교했을 때 비교대상이 없을 만큼의 외설성이었다. 하지만 다른 측면에서 본다면 바로 이런 것들이 아리스토파네스 희극을 당시뿐만 아니라 현대에서도 주목하게 만든 이유이기도 했다.

---

11) 슐레겔 형제는 아리스토파네스 희극이 풍자와, 자유, 비판과 환상의 향유가 공동체의 유지에 본질적인 역할을 한 것에 있고, 그것은 한 공동체(여기선 아테네)의 건강성과 활력, 에너지를 보여주기 때문에 당대의 '오락적' 희극들에 비해 위대함을 갖고 있다고 평가한다. 하지만 아리스토파네스가 가졌던 관객이 존재하지 않는 시대에 아리스토파네스의 희극에서 가져올 수 있는 유일한 현재성은 '희극성'과 '익살스러운 자의성', '환상'과 '자유분방함', '기쁨'을 간직하면서도 조롱과 개인에 대한 비판이 없는, '사회에 어려움 없이 받아들여지고 다양함과 일탈을 제공할 수 있는' 무해한 희극이라고 본다. Vgl. Profitlich, Komödientheorie, S.87-95.

2. 폴리스 아테네와 희극공연

아리스토파네스 시대의 희극공연은 오늘날 상상하는 것 이상으로 규모가 크고 조직적인 방식으로 이루어졌다. 기원전 5세기의 아테네가 비록 보통의 도시국가와는 격이 다른 권력과 부의 중심지이긴 했지만 현대의 기준으로 보면 아테네는 큰 도시가 아니었다. 아티카의 인구는 30만을 넘지 않았고, 도시 아테네 자체에 사는 사람은 이들 중 절반 이하에 머물렀을 것으로 추정된다. 그 때문에 아테네의 디오니소스 극장에 1만-2만에 이르는 막대한 관객이 연간 수백편의 새 연극 공연을 관람했다는 것은 오늘날과 비교해서도 놀라운 일이다.

'글'보다는 '말'이 생활방식을 규정하던 기원전 5세기의 아테네에서 연극공연은 텍스트보다 우위에 있었고, 희극을 규정하는 결정적인 요소는 아테네 공동체의 전통과 사회, 문화적 규범, 지속적으로 전쟁상태에 있었던 도시국가 아테네의 현실적 요구와 동시대 관객들이었다. 따라서 이런 연극 공연의 규모와 조직적 진행의 대답을 찾는 것은 우선 아테네 공동체의 성격을 파악하는 데서 시작된다.

기원전 5세기의 아테네는 서구 민주주의의 원형으로 알고 있지만 당시의 민주주의 지형을 현대의 기준으로 본다면 제한적인 민주주의라고 해야 옳을 것이다. 그것은 무엇보다 아티카 전 인구의 절반 정도가 노예였고, 2-3만 명은 완전한 시민권이 없는 비 아테네인이었다는 점에서 찾을 수 있다. '민주주의'라는 말을 적용할 수 있는 다양한 권리와 의무를 행사한 성인 남성 시민들은 3-5만 정도였고, 객관적으로 보았을 때 이들 평등한 시민들 사이에도 혈통과 부에 따라 차별이 명백히 존재했다.

그럼에도 불구하고 당시의 아테네가 오늘날의 민주주의 보다 더 치밀하고, 더 통합된 사회였다는 사실은 의문의 여지가 없으며, 기원전 5세기의 연극, 특히 희극연구의 기본 전제가 되어야 한다. 왜냐하면 현대 정치학자들이 소위 '철저한' 민주주의라고 부르는, 오늘날의 대의 민주주의와는 전혀 다른 아테네 민주제, 즉 직접 민주제를 국가정체로 하는 아테네의 시민들 사이에는 우리-그들 이라는 대립의식이 별로 없었기 때문이다.

그것은 수로 제도와 관행을 통해 증명할 수 있는데, 주요 법안을 의결하는 의회는 오늘날처럼 TV를 통해서나 간접 체험할 수 있는 '그들'만의 세계가 아니라 시민들 모두가 참석할 수 있었고, 또 다수가 참석했던 도심의 대중 집회였다. 물론 실제 권력의 상당부분이 특정인의 손에 놓일 수 있는 수단들이 있었다. 하지만 전체 시민은 그 권력이 현실화되는 것, 즉 국가의 일이 진행되는 데 직접 참여한다는 걸 느낄 수 있었다.

아테네는 또 현재는 '문학'의 범주 안에서 읽는 텍스트로 받아들이는 '시'라든지 '드라마'라든지 하는 것들은 모두 인간의 목소리를 통해 전달되는 구어중심의 사회였다. 아테네에서 실행된 '문학적' 장르의 대부분은 연설 혹은 노래를 포함하는 야외 행사와 연계되어 있었다. 서사시(epic)는 도시의 가장 큰 축제에서 벌어지는 낭송이었고, 민회에서의 정치적 논쟁 혹은 법정에서의 변론, 철학적 대화는 시장 혹은 레슬링 학교에서의 대담, 드라마는 극장에서의 축제와 연계되어 있었다.

2006년의 서울이라면 누구도 도심 한 복판의 대학로에서 열리는 연극공연과 여의도 국회 의사당의 정치적 공방을 비교 가능하다고 생각하지 않을 것이다. 하지만 고대 아테네에서는 프닉스에서 열린 민회(民會)와 거기서 얼마 떨어지지 않은 극장(아크로폴리스 아래에 위치한 디오니소스 극장)에서의 공연 사이에는 대규모의 청중과 시민 대다수의 적극적인 참여, 웅변가와 배우의 설득력 같은 명백한 유사성이 있었다.

오늘날의 시민사회와 비교할 때 가장 독특한 고대그리스의 특징은 종교적 일체감이다. 아테네 시민 집단을 하나로 엮는 강력한 수단은 종교였다. 물론 이때의 종교란 공통의 신념을 바탕으로 한 것이 아니라 의례에 공동으로 참여한다는 의미에서 이해되어야 한다.

고대 아테네의 예술, 특히 서사시와 연극은 이런 공동 참여 축제에서 발생했고, 또 거기에서 최고의 효과를 발휘했다. 그 때문에 오늘 날 생각하는 것 이상으로 고대 아테네 연극은 아주 자연스러운 생활의 일부였다. 극의 소재는 축제에 운집한 시민들 공동의 경험과 공동의 지식에서 취한 것이었고, 이것은 특히 당대의 정치, 사회, 문화적인 시사문제들을 담고 있는 희극에서 가장 뚜렷하게 나타난다.

따라서 비극 시인들은 종종 당대의 비극적 사건을 작품에 취하기도 했지만, 주로 고대 아테네에서 역사의 지위를 갖고 있는 신들과 영웅들의 신화에서 가져온 이야기, 즉 아테네 시민들 공동의 유산을 소재로 취함으로써 그들이 봉사하는 공동체에 의해 투영된 과거에 관심을 가지고 극을 만들었다면, 희극은 현재에 대한 하나의 왜곡 거울을 제시했다("현재에 대한 왜곡 거울"12)로서의 희극).

고대희극의 공동체적 특성이 공연자체의 구조에 미친 영향과 관련해 중요한 한 가지 사실은 5세기 그리스 연극이 원래 각 부족 소속의 일반 정규 시민들로 구성된 코러스(choros 합창단)가 기본 요소였고, 배우는 그 이후에 부가적으로 등장하게 되었다는 점이다.

코러스에서 배우의 분화에 이르는 변화의 중요한 모티브는 공연의 생생한 효과로 추정할 수 있다. 배우가 등장하여 그 전에는 내러티브에서 묘사될 뿐인 인물도 스스로 말하게 됨으로써 관객은 좀더 생생한 무대를 볼 수 있게 되었을 것이다. 그 이후의 변화, 즉 제2배우와 제3배우의 추가를 통해 결국 배우 간의 대화는 코러스에서 독립되어 현대극의 '장면'으로 진화될 수 있었다.

무엇보다 연극 공연과 관련된 절차, 참여한 사람들의 수, 재정, 진행 등의 문제를 들여다보면 이 시기의 연극 공연이 공동체적 삶의 일부라는 사실을 분명히 이해할 수 있다.

희극과 비극의 주요 무대는 전통적인 디오니소스 축제였다. 축제 절차는

---

12) Baldry, Theatre and society in Greek and Roman antiquity, S.4.

화려하게, 그리고 도시를 통과하는 거대한 행진 의식과 함께 개시되었다. 연극 경연대회와 함께 축제가 클라이맥스에 도달했을 때 아테네인들은 연극과는 부관하게 보이는 이벤트와 함께 연극 경연의 막을 올렸다.

공연이 시작되기 전 유혈이 낭사한 돼지가 극장을 정결하기 만들기 위해 희생물로 바쳐졌고, 신에게 바치는 헌주가 객석을 돌았다. 축제가 열릴 때는 아테네의 동맹국들이 공물을 보낸 때와 일치했고, 이들이 가져온 것을 항아리에 담아 전시했다. 의전관이 도시에 공헌한 시민들 혹은 외국인들의 명예를 높이기 위해 명단을 발표했다. 국가를 위해 싸우다 죽은 자들의 아들들이 국가가 수여한 갑옷과 투구를 쓰고 행진을 벌였고, 객석의 맨 앞줄의 명예석에 앉도록 허용되었다.

각기 10부족에서 뽑은 경연 판정을 위한 판정관들이 선출되고 나면 드디어 트럼펫이 울리고 첫 번째 경연 참가 극이 공연되었다. 경연이 모두 끝난 뒤 따로 날을 잡아 특별 민회가 소집되었고, 축제전반을 검토하고 축제 중 일어난 잘잘못을 가렸다.

이렇게 다양한 이벤트로 이루어진 축제 참가자들은 모두 시민들이었다. 일부는 직업적인 공연자들이었지만 대개는 다양한 직업에 종사하는 일반인들이었다. 디티람보스와 비극, 희극에 필요한 코러스 멤버는 모두 1200명에 달했다. 이들 역시 각 부족의 일반 시민들로 구성되었다. 엑스트라나 무대설비, 의상 보조 같은 일손을 더해본다면 축제 공연에 적극적으로 참여한 인원은 세리머니나 퍼레이드에 참여한 다른 사람들은 별개로 적어도 1천 5백 명에 달한다.

여기에 이것을 보고 들으러 모여든 막대한 관객들 역시 시민들이었다. 극장이 만원이 되면 그 수는 1만 7천에 달했다. 축제 비용과 공연연습 비용 부담은 도시의 부자들의 의무사항이었고, 의례는 사제들의 손을 거쳤지만 공연의 준비와 조직, 판정 모두 시민들 자신의 손으로 이루어졌다.

이렇게 보면 관객 중 일부는 외국인이나, 여성, 혹은 노예, 청소년들이었을 것으로 추정하고 있지만, 3-5만이라는 정규시민들의 수를 고려할 때 축제와 연극 공연에 참가한 비율은 압도적으로 높았음이 증명된다.

특히 예나 지금이나 중요하고, 또 공연의 성격을 규정하는 재정문제(오늘날의 용어를 사용한다면 제작비)를 보면 연극 공연의 공동체적 의미를 쉽게 알 수 있다.

고대 아테네의 연극공연은 상업적 목적이 아니라 공공행사의 일부로서 전적으로 공적부담의 대상이었다. 디오니소스 축제에서의 공연을 위해 돈을 제공하는 것은 다른 국가에 보내는 대표를 위해 돈을 내는 것, 혹은 한 해의 제사비용을 부담하고 함대를 건조하고 유지하는 비용, 신전을 짓는 비용 등과 마찬가지로 부자들이 도시에 낼 것으로 모두가 기대하는 일종의 공공봉사였다.

또 농번기의 일손 부족 때문에 축제 참가가 어려운 농촌 시민들의 참가를 보장하기 위해 페리클레스 시대부터 국가 금고가 시민들의 입장권과 일비(日費)를 지불하기도 했다.

공연과 축제의 비용부담은 '기부'의 형식을 취하고 있지만 사실상 부자의 '의무사항'이었고, 기본적으로 그것이 가능했던 것 역시 연극이 곧 공동체의 주요 관심사라는 전제가 깔려 있었기 때문이었다.

결국 고대그리스의 연극은 소수가 애호하는 오락이나 영리목적의 사적 행위가 아니라 전체로서 공동체를 위한 거대한 시민적, 종교적 행사였고, 화려하고 다양한 의식이 동반되고, 공공금고와 사적인 부자들에게서 재정을 지원받았으며, 수천 명이 제작에 참여했고, 그 이상이 관객으로 참여했다. 그 해의 중심 행사로서 심지어 전쟁의 스트레스와 5세기 말의 패배도 이것을 중단시키지 못했다. 그렇기 때문에 플라톤이 드라마 혹은 다른 문학이 이상 국가 논의에서 충분히 다루어져야 할 것이라고 생각한 것, 그리고 비극과 희극의 작가는 추방되어야 할 만큼 공동체에 강력한 영향력을 갖고 있다고 믿었던 것은 놀라운 일이 아니다.

말하자면 고대 아테네에서 연극(공연)은 공동체의 삶 전 영역과 결부된 아테네 "민주주의 구조의 일부"였다.13) 그 때문에 고대그리스 연극이 공연되고 형성된 장소, 즉 디오니소스 극장은 아테네 민주주의의 내면을 반영하면서 동시에 그것을 강화시키는 이중의 기능을 수행했다.

특히 희극에서는 이런 민주주의적 맥락이 보다 뚜렷하게 나타났다. 이런 연극 공연의 제노와 관행의 공동체적, 민주주의적 요소를 통해 희극은 주제와 소재, 등장인물, 작가의 메시지, 연극적 커뮤니케이션 등 전반에 걸쳐 희극을 발생시킨 아테네 현실과 직접적으로 연관되었다.

희극 공연을 통해 관객이자 주체인 시민들은 기본적인 민주주의적 내지 아테네 사회에서 긴요한 커뮤니케이션을 장려할 수 있었다. 또 희극공연의 사회, 정치적 조건은 희극에서 반영된 규범의 해체와 확인을 드라마에서 사회로 이전될 수 있게 만들었다.

희극 공연을 통해 제시된 문제들은 관객에게 사물에 대한 독자적인 시각을 허용했고, 희극적 문제극복은 단선적인 결론의 제시를 떠나 하나의 '대화소재'를 제공했다. 이 대화소재는 비상식적인 주제의 선택, 각각의 입장의 노출, 이데올로기적 투쟁 등과 뒤섞인 외설스런 농담과 외설성 속에서 일종의 정신적 자유공간을 창조하는데 기여했다. 이런 점에서 이 시기의 희극은 매우 '정치적'인 행사라고도 할 수 있을 것이다.

다른 한 편 디오니소스 축제에서 화려하게 전시되는 폴리스의 자기찬미에 대해 희극은 기존의 것이 가지고 있는 자기정당성을 뒤흔드는 균형추의 역할을 했다고 할 수 있다.

그것은 관객의 시선을 스스로에게 향하게 해 자신을 돌아보게 했으며, 공동체와 자신의 관계를 반추하게 만들었다. 동시에 새로운 시각의 가능성을 제시했다.

또 희극은 일종의 공중(公衆)으로서 정치문화, 귀족주의적인 심포지온과는 달리 적당한 수의 상층부의 시민들만이 아니라 광범위한 주민을 위한 정치문화에 기여했다. 그리고 그것은 대다수 아테네인들의 공동체적 삶의 방

---

13) Vgl. Wiles, Greek Theatre Performance, S.48.

식과 일치했다.

하지만 기원전 5세기와 4세기가 경과하면서 소피스트적인 주장테크닉과 수사학의 확대, 철학과 역사서의 출판(Herodot, Thukydides, Xenophon)을 통해 연극과 다른 새로운 매체들이 공중의 정치적 사유에 기여했다.

아리스토파네스의 기원전 4세기의 중기희극에서 볼 수 있는 소재의 평이함과 테마의 탈정치화 및 대중화, 신희극에서 볼 수 있는 메난드로스류의 형식적, 미학적 단순화는 이러한 연극의 사회적 기능변화에서 근거를 찾게 한다.

이 시기에 이르러 결국 연극은 더 이상 사회의 정치적 삶에 대한 성찰의 주요수단이 되지 못한 것이다. 이 점이 신희극(주로 메난드로스)과 아리스토파네스 희극을 연대기적으로, 그리고 보다 본질적으로는 유형적으로 구분하는 기준점이 된다.

이렇게 봤을 때 기원전 5세기 아티카 희극의 유일한 증거인 아리스토파네스의 희극을 만들고, 공연하고, 거기에 의미를 부여한 것은 개인이 아니라 공동체 전체였다. 그것은 특히 5세기 제국주의적 도시국가 아테네 시민들의 공동의 작품이었다고 해야 옳을 것이다.

이러한 기본적인 관점에서부터 출발해 이 책은 기원전 5세기의 독특한 아테네 사회의 공동체적 특성과 민주제의 특징을 토대로 희극 공연의 제도적 측면과 공연관행을 집중적으로 살펴볼 것이다.

그 전에 우선 '희극'의 역사적 기원에 관한 문제를 짚어보고 넘어가는 것이 필요하다. 왜냐하면 고대그리스 희극은 처음부터 비극과 전혀 다른 연극이었고, 그 때문에 전문적인 희극작가, 전문적인 희극배우가 따로 존재했다. 이 당시 희극이 담당했던 매우 독특한 사회적 기능은 결국 희극의 역사적 형성과정 속에서 발전하게 된 것이라고 봤을 때, 희극의 기원에 관한 문제는 아리스토파네스 희극과 공연에 대한 이해의 첩경이 된다고 할 수 있다.

제2장 고대그리스 희극의 발전

오늘 날 희극이라는 드라마 장르의 발원지이자 본질적인 특성을 갖춘 희극의 원형은 주로 아리스토파네스의 희극을 통해 전해지는 아티카 지역의 희극으로 보아야 한다.

물론 아리스토파네스 이후 오늘 날에 이르기까지 희극이라 하면 그리스 구희극과는 달리 합창과 음악이 없는 소극(笑劇 Lustspiel)을 떠올리지만 그것은 로마인들, 그리고 이들을 통해 유럽 대부분의 지역에 수용되었던 고대그리스 희극 형식 속에서 합창과 음악이 퇴조함으로써 희극이 언어극으로 수용됐기 때문이다. 또한 희극이 문자 텍스트로 수용되었다는 '수용의 매체적 환경'에서도 그 원인을 찾을 수 있다.

희극(독:Komödie, 영:comedy)은 원래 그리스어 코모디아(κωμῳδία komodia)에서 나왔는데, 이를 근거로 축제분위기의 왁자지껄한 행렬을 뜻하는 코모스(komos)의 노래(idia)로 보기도 하고, 코메(kome), 즉 마을이라는 단어에서 그 근원을 찾기도 한다. 그 이유는 희극의 코러스가 원래 농촌에서 온 사람들로 구성되어 있기 때문이다.

여기에 다른 지역의 또 다른 형태, 즉 시칠리아의 에피카르모스의 드라마, 혹은 아테네에 인접한 메가라에 기원을 둔 도리스의 익살극도 희극으로 불렸지만 기원전 5세기의 아티카 희극, 즉 구희극과는 다른 형태로 간주된

다. 무엇보다 여기에는 구희극의 핵심인 코러스가 존재하지 않는다.14)

1. 희극의 기원

아리스토텔레스 <시학>

희극의 근원에 대한 가장 오래된 고대의 증거는 아리스토텔레스 〈시학〉에 들어있다. (기원전 4세기 후반) 〈시학〉에는 세 곳에서 희극의 특성과 유래에 대해 언급하고 있다.15)

1) "따라서 모방은 서두에 말한 것처럼 수단과 대상과 양식이라는 세 가지 점에서 차이가 난다. 그 때문에 소포클레스는 한 편으로(두 사람 다 선인을 모방하기 때문에) 호메로스 류의 모방자이지만, 다른 관점에서 보면 아리스토파네스 류의 모방자이다. (왜냐하면 두 사람 다 행동하는 사람16)과 실제행위자를 모방17)하기 때문이다.)

혹자는 이들18)의 작품이 '드라마'라고 불리게 된 것도 바로 그들의 작품이 실제행위자들(drontes, dran(행위하다)에서)을 모방하기 때문이라고 생각한다. 바로 이런 근거에서 도리스인들19)은 비극과 희극 모두를 〔자신

---

14) 희극의 기원에 관한 다양한 연구 방향에 대해서는 Vgl. Paulys Realencychlo-pädie der Classischen Altertumswissenschaft. Bd. 21(Komödie). Sp. 1208-1280. 또한 Newiger, Die griechsche Komödie, S.221f.
15) 아래 인용문의 출처는 각각 Aristoteles, Poetik. S. 9, 15, 17. 이탤릭체 강조는 필자.
16) 아리스토텔레스 시학에서 선인 혹은 악인=모방의 대상
17) 아리스토텔레스 시학에서 연기자를 등장시킨다는 말.
18) 소포클레스와 아리스토파네스를 말함.

들로부터 왔다고] 주장한다. 요컨대 희극은 메가라 인들이 [우선권을] 주장한다. 희랍 본토의 메가라인들의 근거는 그들이 민주제가 되었을 때 희극이 생겨났다는 것이며, 시칠리아의 메가라인들은 키오니데스나 마그네스보다 훨씬 이전사람인 작가 에피카르모스가 시칠리아 출신이란 이유로 그렇게 주장하는 것이다. [……] 도리스 사람들은 이런 주장의 근거로 명칭을 들고 있다. 왜냐하면 그들 자신은 도시 주변 마을을 'komai'라고 부르는데, 아테네 사람들은 그에 반해 'demoi'라고 한다는 것이다. 그리고 희극배우들(komoidoi)은 그들의 명칭을 술 취해 돌아다닌다(komazein)는 데서 얻은 것이 아니고, 그들이 독신으로 도시에서 추방돼 주변 촌락을 돌아다닌 데서 얻게 되었다는 것이다. 또 자신들은 행동하는 것을 dran이라고 하는데, 아테네 사람들은 prattein이라고 한다는 것이다."

2) "비극은 원래 즉흥적인 것으로부터 발생하였다. (희극도 마찬가지였다. 비극은 디티람보스를 지휘하는 사람들로부터, 희극은 아직도 많은 도시에서 유행하고 있는 남근 찬가의 행렬들에서 발생하였다.)"

3) "비극이 어떤 변화를 겪었고, 어떤 작가들이 이러한 변화에 영향을 끼쳤는지는 잘 알려져 있다. 그와 반대로 희극은 진지하게 다뤄지지 않았다. 그 때문에 희극이 언제 시작되었는지 알려져 있지 않다. 왜냐하면 집정관이 희극 코러스를 제공한 것은 나중에서야 이루어졌고, 그 전에는 사적으로 이루어졌기 때문이다. 희극이 어느 정도 일정한 형식을 갖추고 나서야 비로소 상대적으로 중요한 희극 작가들이 기억되었다. 누가 가면이나 프롤로그, 혹은 배우의 수 같은 것들을 도입했는지는 알려져 있지 않다. 희극의 플롯을 구성하는 것은 원래 시칠리아에서 왔다. 아테네에서는 크라테스가 최초로 얌부스 형식을 버리고 일반적인 의미의 플롯을 구성하기 시작했다."

---

19) 희랍에 침입해(기원전 1100-1000년경) 엘리스, 라케다이몬, 아르고스, 코린토스, 메가라 등지에 정주한 북방 이민족.

하지만 최근의 연구에서 묄렌도르프는 이와 같은 아리스토텔레스에 근거한 희극의 기원에 대한 근대이전의 연구가 매우 불충분하다는 점을 지적하고 있다. 그는 이 세 부분에서 언급된 희극의 지리적, 형태적, 주제적 기원에 대한 각각의 주장을 다음과 같이 반박하고 있다.[20]

1) 아리스토텔레스가 장르를 구분하는 기준은 모방의 수단과 대상, 그리고 양식이다. 드라마는 수단에 있어서 언어에 의한 모방이고, 대상에 있어서는 선인(비극) 혹은 악인(희극)의 모방이며, 양식에 있어서는 연기자의 등장을 통해 비드라마적 장르들과 구분된다.

이런 분류에 따르면 비극과 희극은 동일한 수단과 동일한 양식(Art und Weise)으로 모방하지만 서로 다른 대상을 모방한다는 점에서만 차이가 날 뿐이다. 이런 맥락에서 아리스토텔레스는 도리스 쪽에서 제기된 희극의 종주권을 언급하고 있다.

이것으로 미루어 당시에 도리스 희극과 메가리안 희극이 어느 정도 전통을 가지고 있었다는 것을 알 수 있다. 그러나 이것이 아티카 희극과 메가리안 희극 간의 실질적인 유사성뿐 아니라 시간적인 우선권에 대해서도 본질적인 것을 말하는 것은 아니다.

메가라라는 이름의 도시는 본토의 아테네 서쪽과 시칠리아 섬의 동해안에 두 개가 있다. 그리스 본토의 메가라에서는 희극의 발생의 근거로 참주 테아게네스가 추방된 이후(기원전 7세기 중반)인 과거의 민주제시기를 대고 있다. 시칠리아의 메가라는 가장 오래된 아티카 희극작가들인 키오니데스와 마그네스(두 사람 다 마찬가지로 기원전 5세기 전반에 사망)보다 메가라 출신의 에피카르모스(기원전 5세기 전반에 사망)가 시대적으로 앞선다는 것을 증거로 대고 있다.

하지만 이 두 가지 모두 증거가 빈약하다. 그리스 메가라인들의 주장은 아티카 희극의 발전을 비역사적으로 이전하고 연결시키고 있고, 시칠리아

---

20) Möllendorf, Aristophanes, S. 36-40.

메가라의 주장은 에피카르모스와 키오니데스, 마그네스가 명백히 동시대인
들이었으며, 시칠리아 희극이 아티카 희극에 전혀 영향을 주지 않았던 것으
로 보이기 때문에 설득력이 약하다.

반면에 도리스인들이 주장하는 희극의 어원은 보다 신빙성이 있다고 여겨
지고 있다. 희극에 대한 도리스 희극의 권리주장은 특히 시골촌락의 비방관
습(시골촌락＝kome＝〉kom-oidia)을 근거로 하고 있다. 이것은 희극의
기원문제에서 검토해볼 만한 부분이다. 아테네 귀족들로부터 손해를 입은
농부들이 밤에 그들을 괴롭힌 사람들의 집 앞에서 노래를 불렀고, 그러면
낮에 주민들이 소문을 퍼트렸다는 비방가요가 존재했다는 기록이 있기 때문
이다.

사회사에 나오는 이런 관습을 근거로 일부에서는 폴리스 아테네가 사회적
평화를 보장하는 이런 관습을 제도화했고, 작가들로 하여금 연극으로 제작
하게 했다고 추정하기도 한다. 이것은 일반화하긴 어렵지만 구희극의 앞 시
대 흔적으로 검토해볼 만한 가치가 있는 것으로 평가된다.21)

구희극의 기원으로서 비방가요는 억압하지 않고 잘못을 들춰낼 수 있도록
하기 위해 카니발 형식의 여가활동이라는 사회적 질서의 틀 내에서 허용되
었고, 그 때문에 축제적 맥락에 속한다.

이와 같은 개인에 대한 비방은 정치적 비판과 더불어 구희극의 중요한
특징을 이루고 있다. 또 코러스의 참여 역시 희극의 근원을 형성하는 중요
한 의미를 갖고 있다는 결론에 이를 수 있다. 이 비방행렬의 맥락은 κωμῳδ
ια의 어원과 일치한다. (κώμου ᾠδή＝도취된 채 돌아다니는 주책없이 떠들
어대는 집단의 노래).

이런 희극의 근원적인 형태에서 찾을 수 있는 방종이라는 개념은 또 희

---

21) 기원전 3세기 이후에 전해진 사료에는 최초의 위탁 작가는 '수사리온(Susarion)'
이었다. 기원전 260년 경 파로스 섬에서 작성된 '파리 화강암 Marmor Parium'
이 581년에서 560년 사이의 한 해에서 그를 처음으로 언급하고 있다. 클레멘스는
서기 2세기 말에 〈Strom〉에서 그를 '희극의 발명자'로 내세우고 마찬가지로 전설
적인 비극의 발명자로는 테스피스를 내세운다.

극의 축제적, 카니발적 맥락과 연관시킬 수 있다. 아테네의 디오니소스 축제는 명백히 이런 전통에 서 있고, 할로아(Haloa) 혹은 테스모포리아의 여성축제, 스키라 같은 또 다른 축제 행사 역시 이런 전통에 결부되어 있다. 따라서 축제적 맥락, 방종과 비난, 조롱 같은 희극의 요소들은 이와 같은 민중적 성격의 근원적인 형태의 흔적으로 해석될 수 있을 것이다.

2) 아리스토텔레스는 코러스 지휘자가 코러스의 노래에 삽입했을 것으로 보이는 즉흥 텍스트가 드라마 대화의 핵심이었다고 본다. 이것은 해석상의 무리가 있다는 것이 현대 학자들의 판단이다.

인간의 성기를 본 뜬 남근(팔로스)는 디오니소스 제의와 밀접하게 연관되어있는 다산의 상징이었다. 대개 이것은 디오니소스 행렬 때 동반되는 노래를 부르면서 몸에 달고 다녔다. 하지만 아리스토텔레스가 희극의 기원과 연관시키고 있는 '남근가요의 행렬'이 코러스를 의미하는지 코러스 지휘자를 의미하는지 불분명하고, '남근가요 Phalloslieder($\tau\alpha$ $\phi\alpha\lambda\lambda\iota\kappa\alpha$)'라는 개념은 전승되지 않았다.

아리스토텔레스가 말하는 희극공연과 코러스의 대화 사이에 연극적 공연 형식의 유사성이 발견되긴 하지만 이것을 디오니소스 축제에서 공연되는 일정한 형식의 구희극과 직접적으로 연결하기에는 또 다른 발전과정이 전제되어야 한다. 왜냐하면 다산의 상징인 남근을 차고 부르는 제의적 노래에서부터 어느 정도 '자유로운' 희극의 외설성으로 나아가는 것은 최소한 기나긴 과정을 예상할 수 있고, 더구나 아리스토텔레스는 희극을 남근코러스가요 자체에서 그 근원을 찾지 않고 희극을 단지 이 남근가요의 공연자들과 연결시키고 있기 때문이다.

3) 희극의 발전에 대한 언급에서 아리스토텔레스는 시칠리아의 영향에 특별한 의미를 부여하고 있으나 이것 역시 구희극의 이전형식에 대한 정확한 해석으로 볼 수 없다. 시칠리아 희극은 플롯을 구성할 수 있었겠지만 이것이 아티카 희극의 전범이 되었다고는 보기 힘들다.

우선 아리스토텔레스가 크라테스(기원전 5세기 중반. 451년에 우승)에게 부여한 특별한 역할에 대해서는 그 이외에 다른 누구도 거론하고 있지 않다. 여타의 전통은 오히려 개인적인 공격이 전체 구희극의 특징이었고, 중기희극에서야 비로소 개인적인 것에서 일반적인 것으로 발전되었다는 것을 보여준다. 개인적인 공격들로 가득찬 구희극의 대표 아리스토파네스의 작품들이 이러한 해석을 뒷받침해준다.

즉흥적으로 이루어진 ─ 어쩌면 다산축제(여성축제, 남근제의)의 맥락에서 ─ 소위 '희극적 표현'의 길을 거쳐 개인적, 정치적 비방의 맥락에서 출발해 아리스토파네스에서 만개된 정선된 형태의 희극에 이르기까지의 발전과정에 대해 실제로 아리스토텔레스는 아무런 사실 혹은 해석도 제공하고 있지 않다. 희극은 나중에야 비로소 국가적 보조, 즉 국가적으로 조직된 후원제도의 혜택을 입게 되었다. 이런 형식의 최초의 공연은 크라테스에 훨씬 앞선 기원전 486년 키오니데스의 희극이었다.22) 이 작품에 대해서는 아리스토텔레스는(부분적으로 위조된) 제목만을 알고 있을지 모르나 텍스트를 읽지는 못한 게 분명하다.

여기에서 더 나아가 금석문 사료에 기원전 472년에 우승을 했고 전체적으로 11번 우승한 기원전 5세기의 가장 성공적인 희극작가였던 마그네스도 크라테스의 윗대에 속한다. 희극이 진지한 장르가 아니었기 때문에 전에는 자원자들이 연기했다. 그 때문에 아리스토텔레스는 희극이 이미 제도화되고 따라서 공식적인 확정된 모습을 갖추었던 시기의 작가이름만 안 것이다.

아리스토텔레스는 분명 개인적인 공격 형태에서 정제된 희극으로의 과도기가 급작스럽게 이루어진 것이 아니라 점진적으로 이루어졌다는 사실을 알고 있었다. 이런 과정의 강화를 아리스토텔레스는 키오니데스와 마그네스가 아니라 한 편으로 시칠리아의 희극작가들과, 다른 한편으로 451년에 자신의 세 번의 승리 중 첫 번째 승리를 차지한 아테네 희극작가 크라테스와 연

---

22) Suda, Chionides 편(A.D. 1000년에 기록) "키오니데스: 아테네인. 구희극 작가. 그들은 또한 그가 구희극의 주인공이었고 페르시아 전쟁 8년 전에 공연했다고 말한다. (즉 486년)". 출처는 Csapo, Eric / Slater, William J.: The Context of Ancient Drama. Michigan 1994. S.225. (이하 CAD 해당페이지로 축약)

결시킨다. 이것은 아리스토텔레스가 아테네 구희극의 발전과정을 시칠리아의 희극(에피카르모스)과 연결하거나, 아니면 시칠리아의 영향을 통해 크라테스의 희극, 즉 시간적으로 시칠리아 희극들보다 뒤 늦게 완성한 그리스 희극과 연결하고 있다는 것을 보여준다.

실제로 에피카르모스는 크라테스 이전에 즉, 기원전 6세기에서 5세기로 넘어가는 시기에 극을 썼지만 전해지는 에피카르모스의 단편들은 고대그리스에서 그처럼 중요한 경연에 적합한 부분도, 아리스토파네스와 비교 가능한 코러스의 중요성도 확인할 수 없기 때문에 시칠리안 희극과 아티카 구희극은 직접적인 연관관계가 없는 것으로 간주된다.

아리스토텔레스는 얌부스 형식의 개인적 공격에서 희극적 플롯으로 나아가는데 결정적인 단계를 제공한 최종적인 판단기준을 제공한 사람은 호머였고, 그의 자극은 아테네뿐만 아니라 그리스 세계 도처에서, 그러니까 시칠리아에서도 열매를 맺었다고 추정했다. 또 그리스 본토에서 디오니소스 제의와 연관된 남근찬가의 코러스는 구희극과의 맥락에 서있다고 보고 있다.

하지만 시칠리아에서 그런 남근찬가의 코러스와 연관된 희극의 제의적 맥락에 대해서는 전해지는 증거가 없다. 결국 아테네와 시칠리아 시민들의 밀접한 경제적, 개인적 접촉에서 양 희극 형식이 영향을 줄 수도 있다는 개연성은 있지만 그것이 곧 구희극과의 직접적인 영향관계를 설명해주지는 않는다.

2. 구희극 – 중기희극 – 신희극

이와 같이 문자 이전시기에서 장르의 기원을 찾는 것은 어떤 것으로도 불충분하다. 사실상 카니발 성격의 행렬은 이미 오랫동안 여러 지역에 존재했다. 기원전 6세기의 항아리그림에서 자주 발견하는 환상적인 코러스들,

풍자적인 노래, 다산을 기원하는 제의 등이 희극의 제의적 혹은 민중적 기원에 해당된다고 할 수 있다. 보다 합리적인 추론은 이런 수많은 상호 영향을 미친 요소들이 희극이란 장르의 발생에 기여했다고 보는 시각이다.

기원에 대한 논쟁보다 더 중요한 것은 초기의 여러 유사한 형태들이 희극보다 훨씬 오래 전에 고대 아테네 축제프로그램에서 공식적으로 공연된 두 개의 다른 디오니소스제 장르, 즉 디티람보스와 비극을 통해 5세기의 희극이라는 단기간에 예술성이 풍부한 형식으로 발전했다는 점이다.23)

또한 거기에 더해 주로 아테네인의 삶에서 정치적으로 살아남은 연설과 말의 자유가 구희극의 분명한 특징에 기여했다. 그래서 희극은 5세기에 들어 강력한 정치적 풍미를 획득했고, 그것을 통해 원래의 시끄러운 축제 행렬을 훨씬 넘어서는 보편적 형식과 의미를 획득했다는 점이다.

그리스의 문학적 희극은 무엇보다 아티카(아테네와 주변지역) 희극이다. 아리스토텔레스의 시학에서 언급되었던 것처럼 기원전 5세기 전반에 시칠리아의 도리스 희극만이 아티카 희극과 독립적으로 발생했다. (물론 이 도리스 희극은 아티카 희극보다 더 이른 시기에 발전했고, 어쩌면 그 쪽에서 아티카 희극에 영향을 미쳤을 수도 있다.)

시칠리아희극은 또한 독자적인 희극유형을 대변하기도 한다. 시칠리아 희극에 비해 아티카 희극은 통일적인 희극유형을 보여주지 못하는데, 그 이유는 아티카 희극이 성격이 판이한 내적, 외적 발생과정을 거쳤기 때문이다.

헬레니즘 시기의 시학은 이 과정을 유형학적, 연대기적인 분류의 토대로 삼았고, 그에 따라 아티카 희극을 구희극(Archaia)과 중기희극(Mese), 신희극(Nea)으로 구분했다. 이 구분은 연대기적 3단계구조이자 유형학적 구분 틀로서 근세의 연구에 받아들여졌다. 거기서 다음과 같은 연대기적 시대구분의 전통이 형성되었다.

구희극-기원전 486년에서 기원전 400년까지.

---

23) Vgl. Zimmermann, Die griechische Komödie, S.34f.

중기희극-기원전 400년에서 기원전 320년까지.
신희극-기원전 320년에서 기원전 120년까지.

현재까지 통용되는 이 분류는 로마시대에 진행된 그리스 연극 규범화 시기의 알렉산드리아 학자들의 시대구분에서 유래한 것으로 분류의 기준은 정치사와 더불어 형식과 내용이었다.

구희극 작가로는 아리스토파네스외에 아리스토파네스 이전에 가장 유명한 희극작가로 기원전 423년 〈구름〉을 물리치고 1등 상을 수상하기도 한 크라니토스와 크라테스, 아리스토파네스와 동시대의 희극작가 에우폴리스 등이 있고, 중기의 확실한 작가로는 안티파네스가 있다.24)

한 편으로 구희극을 중기 및 신희극과 유형학적 및 연대기적으로 구분하는 것은 문제가 없지만 다른 한 편 거의 남아있지 않은 전승상태 때문에 중기 및 신희극 사이의 정확한 구분은 문제가 있다.25)

1) 구희극

도시디오니소스제에서 처음으로 공인된 희극공연의 경연에서부터 아테네가 패배한 펠로폰네소스 전쟁 말까지 500-600개의 작품이 공연되었다. 대략 50명 이상의 작가들이 이 시기에 희극을 썼지만 그들 중에서 구희극과 관련해 호라츠가 〈Satiren〉에서 들고 있듯이 후세에는 크라티노스와 에우폴리스, 아리스토파네스, 단 세 명만이 확실하게 기억되었다.

호라쯔는 이 세 사람이 '위대한 자유정신으로 도둑이나 난봉꾼, 살인자, 아니면 다른 식으로 악평이 나서 조롱을 받을 만한 사람들을 질책'하기 때문에 풍자의 선조라고 부른다.

---

24) Vgl. Butler, The Theatre and Drama of Greece and Rome, S.23ff.
25) Vgl. Landfester, Geschichte der griechischen Komödie, S.354.

호라츠의 예에서 보듯이 실명을 거론하면서 개인을 공격하는 것은 고대에서두 이미 구희극의 특징으로 간주되었고, 이 세 희극작가는 사적인 개인뿐 아니라 정치가와 유력인사들, 귀족이나 부자, 작가, 철학자 같이 공적으로 영향력 있는 사람들도 풍자를 아끼지 않았다는 점에서 구희극의 특징을 대변한다고 할 수 있다.

아리스토파네스의 보존된 희극은 모두 위에서 언급한 의미에서 정치적인 것, 혹은 공익과 결부되어 있어서 오늘날에 그의 이름은 정치 희극의 대명사이다. 하지만 구희극은 아리스토파네스의 작품이 증명하는 것 이상으로 소재가 다양했다.

좁은 의미의 정치적 영역은 기원전 5세기 중반을 넘어서면서 크라티노스를 통해 지배적인 희극의 테마로 자리 잡았을 것으로 추정된다. 물론 기원전 486년에 우승한 키오니데스와 기원전 472년부터 최소한 11번 이상 디오니소스제에서 우승한 마그네스 같은 구희극 작가들에 대해서는 잘 알려져 있지 않기 때문에 확실한 것은 아니다.

그럼에도 기원전 5세기와 4세기에 이르기 까지 보다 덜 공격적이고, 덜 풍자적인 희극들이 남아있다는 것을 보면 정치적 계기만이 구희극의 창작 계기는 아니었다는 추측을 가능케 한다. '게으름뱅이나라'와 또 다른 동화모티브는 신화패러디와 트라베스티와 마찬가지로 당연히 정치적 내용(=비판, 풍자)을 담는 창작 구조로 이용되었다고 볼 수도 있지만, 애초에 이러한 무해한 모티브들은 흥겨운 희극적 분위기 창조를 위해 사용되었을 수도 있다.

이것은 또 부분적으로 환상적이고, 부분적으로 사실적인 희극의 기본요소인 합창단에도 해당된다. 대부분의 작품을 알 수 없는 상태에서 잠정적인 결론은 최소한 아리스토파네스의 사실적인 〈아카르나이 사람들〉과 〈기사들〉은 물론이고 〈벌〉과 〈구름〉에서 환상적인 합창 마스크 뒤에 시사적인 정치적 현상들이 숨겨있다는 것을 쉽게 예상할 수 있지만, 이런 정치적 동기가 아리스토파네스의 〈기사들〉 520행 이하와 그에 대한 주석에 언급된 마그네스의 〈칠현금을 켜는 사람〉, 〈새〉, 〈리디아 사람〉, 〈몰식자 벌〉 혹은 〈개구리〉에도 해당된다고 단정할 수는 없다.

만약에 앞서의 세 희극 작가 이전에 무해한 희극적 주제가 많이 있었다 해도 이 시기 정치사의 역사적 중요성과 아테네 시민들의 정치적 성향을 감안할 때 최소한 경연우승을 위해서라도 구희극이 차츰 차츰 시대사와 정치적 모티브를 적극적으로 끌어들였을 개연성은 충분히 있다.26)

아테네는 기원전 461년 에피알데스가 귀족 원로원 아레오파고스를 실각시키고 민주주의 국가형태가 필연적인 결론에 도달함과 동시에 시민들의 완전한 주권이 실현된 것으로 보였다. 보수적 야전사령관 키몬의 도편추방이 같은 해 이루어졌다. 새로운 국내정치 상황은 희극작가들에게 축제관행과 가면의 허용을 통해 이미 전통적으로 존재하던 정치 영역에 대한 조롱의 자유를 확대하고, 톤을 예리하게 만들 계기를 만들었다. 더구나 여러 해 동안 주장되던 위대한 개인의 지도자 추대는 무엇보다 투키디데스(B.C443)의 추방 이후 희극의 정치적 테마에 좋은 모티브를 제공했다.

알려진 것으로는 펠로폰네소스전쟁이 시작되기 전 시기에 정치적 풍자를 희극의 주제로 삼았던 작가로는 크라티노스 그리고, 그와 같은 시기의 희극 작가로 나이가 어린 텔레클라이데스가 유일하다. 후자는 기원전 445년에서 410년 사이에 세 번의 디오니소스제 우승과 5번의 레나이아제 우승을 차지했다.

2) 중기 희극

아테네의 몰락과 마케도니아왕 알렉산더 대제가 이끈 헬레니즘 시대의 시작 사이인 기원전 404년에서 336년에 이르는 68년간 희극의 관심은 아테네인들만을 위한 것에서 전 그리스 세계 쪽으로 향했다. 결과적으로 연극과 배우들은 아테네에서 발산되어 막대한 수의 극장 운영을 위해 전 그리스 지역에 공급되었다.

---

26) Vgl. Newiger, Die griechische Komödie, S.221ff.

이 새로운, 보다 큰 청중들은 신화적 벌레스크와 일상의 관습과 예절을 반영하는 연극에 관심을 보였다. 이제 기원전 4세기 극장에서 희극은 가장 활기치고 빅력 있는 힘으로서 비극을 대체했다. 노예들, 판사, 속물, 희극적 노파, 지방집정관, 아버지, 늙은 독신님, 실종된 딸들 등 신희극의 주요 등장인물 모두가 중기 희극에서 처음으로 등장했다.

환상적, 예술적 요소, 극의 필수적인 부분으로서의 코러스, 그리고 작가의 목소리를 대변하는 파라바시스27) 등 구희극의 핵심적인 요소들은 사라졌다. 중기 희극은 음모와 사랑, 실종됐다 나타난 젊은이들에 의한 정체성의 회복, 유혹 같은 후기 희극의 요소들이 자주 등장했다.

오늘날 중기 희극은 아리스토파네스의 두 개의 후기 희극에 의해 대변된다. 두개의 작품 〈여인들의 민회〉와 〈부의 신〉에서 파라바시스는 제거 되었고, 코러스의 역할은 대폭 축소되었다.

지금은 대부분 전하지 않지만 구희극 시기에 버금가는 작가와 작품이 생산되었다. 40명 이상의 희극 작가들의 이름과 600개 이상의 작품제목과 함께 작품 일부가 단편적으로 전해지고 있다. 가장 다작의 희극 작가는 안티파네스와 알렉시스였다. 이들은 500편 이상의 작품을 썼다.

3) 신희극

에우리피데스 극의 대중성, 철학자와 교사들을 위한 확고한 세계 중심지가 된 아테네에서 새로운 철학적 흐름의 지배, 그리고 새로운 사회, 경제적 세력들은 헬레니즘 시기 동안에 신희극의 융성을 위한 배경 조건을 형성했다.

아테네는 번성하는 도시였다가 쇠퇴해가고 있었으며 마케도니아의 지배하에 놓여있었다. 이 세련된 신시대는 새로이 여가시간을 갖게 된 상층 및 중

---

27) '아리스토파네스 희극의 구조' 편을 참조할 것.

간 계급을 통해 신희극을 위한 관객층을 형성했다. 희극의 강조점은 사랑, 로맨스, 결혼과 해피엔딩에 놓여졌다.

청중들은 사실적이지만 뻔한 플롯 속에서 전형적인 등장인물들에 의해 묘사되고, 반복해서 별 다른 차이 없이 이 작품에서 저 작품으로 반복되는 삶의 이런 측면들을 즐겼다.

가장 인기 있는 희극적 상황은 어린아이가 태어날 때 누군가 훔치는 일과 어린 소녀를 유혹해서 폭행하기, 그리고 관련된 사람들이 오랫동안 사라진 딸을 다시 찾아서 결혼하기 같은 플롯이었다.

예를 들어 신희극에 전형적인 이야기인 〈돈벌이 작가〉는 이런 식으로 진행된다. 한 좋은 집안의 청년이 사랑하는 소녀를 얻으려고 한다. 그녀는 지방 집정관의 노예로 지방 집정관은 돈을 많이 내는 사람에게 소녀를 넘기려고 한다. 허풍선이 군인도 돈을 내고 소녀를 데려가려고 한다. 청년은 똑똑한 노예와 소녀를 데려올 계략을 짜고, 아버지의 친구인 홀아비에게 도움을 청한다. 그 과정에서 여러 번의 음모와 사건이 전개된다. 마침내 청년은 소녀를 자유의 신분으로 만들게 되고, 소녀는 좋은 집안 출신으로 어렸을 때 누군가 훔쳐간 실종된 딸이었다는 사실이 밝혀진다. 결국 두 사람은 결혼한다.

이 시기에는 메난드로스, 디필루스, 필레몬, 그리고 이름이 알려진 40명의 작가들, 혹은 그 이상의 알려지지 않은 작가들이 아테네와 나머지 헬레니즘 세계에 대략 1,400편의 희극을 제공했다.

이 중에서 현존하는 작품은 메난드로스의 작품을 제외하고는 모두 짧은 길이의 단편만이 전한다. 메난드로스가 쓴 약 108편의 희극들 중 거의 완전한 형태로 전해지는 〈구두쇠〉 혹은 〈사람들을 좋아하지 않는 남자〉가 1957년 제네바 근처에서 발견되었다. 또 〈중재〉의 절반, 〈빼앗긴 여자〉와 〈사모스의 소녀〉의 절반 이상, 1,100개 이상의 다른 작품의 파편이 전해진다.

메난드로스는 8회의 우승을 차지했는데, 첫 번째 수상은 기원전 315년이었다. 그의 명성은 고대, 특히 로마에서는 대단했고, 정규 시민들을 묘사하는 기술과 사실주의적 스타일로 높은 평가를 받았다.

제3장 아테네 민주제와 희극

비극과 더불어 고대그리스, 특히 아티카 희극에 대한 주된 질문은 '왜 그렇게 융성했느냐?' 하는 점이다.

기원전 5세기의 아테네는 물론 보통의 그리스 도시국가라고 하기에는 인구 규모와 권력에 있어 다른 도시국가와는 현격한 차이를 보였다. 그리스에서 페르시아의 침입에 맞선 아테네의 성공적인 리더십은 페리클레스의 제국주의적 권력으로 전환되었고, 스파르타와의 주도권 쟁탈전에서 그 정점에 올랐다. 아크로폴리스에 세워진 사원들과 아고라(Agora)의 건물들, 극장은 아테네의 부와 특권, 권력과 번영의 상징이었다.

하지만 현대의 기준으로 보면 아테네는 큰 도시라 할 수없다. 아티카 지역의 인구는 많아야 30만이었고, 도시에 사는 사람은 그 중 절반에 미치지 못했다. 현대의 기준으로 중소 규모의 도시에 불과한 아테네에서 1만 명 이상의 수용인원을 가진 극장을 통해 시민들 대다수가 참여해 연간 수 백편의 연극공연을 관람했다는 것은 이 시기의 연극이 단순한 문화행사 이상이었다는 것을 의미한다.

지금까지의 역사적, 문화적 연구는 그 이유가 연극과 공동체, 즉 기원전 5세기 아테네 간의 긴밀한 관계에 있음을 말해준다.

고대 아테네에서 연극은 여러 종류의 문화행사 중 일부가 아니라 전체로서의 아테네 공동체의 실존과 관련된 중심요소였다. 아테네 공동체 공통의 생활방식과 경험기반이 '제도'로서의 연극에 결정적으로 반영되어 있고, 역으로 극의 구조와 주제, 공연은 당시 도시국가 아테네의 사회, 문화적 특성에 직접적으로 영향을 미쳤다.

이것은 당시 희극공연의 물리적 조건들과 아테네 공동체에서 연극이 차지하는 사회, 문화적 위치를 고찰함으로써 확인할 수 있다. 중요한 것은 '희극공연'을 디오니소스 축제로 대변되는 종교적 맥락을 넘어 정치, 사회, 문화의 전체 맥락에서 파악하는 것이다.

우선 기원전 5세기 구희극의 역사적 상황은 발전된 형식을 갖춘 고대그리스의 민주주의, 그리고 개별적으로는 펠로폰네소스 전쟁과 개별 작품의 제작 시기에 해당되는 아테네 역사의 발전 단계를 반영하고 있다.

무엇보다 이 시기의 아테네는 당시 정치적, 문화적으로 그리스의 지도적인 국가였다. 아테네의 지도적인 위치에는 마라톤과 살라미스의 이름과 결부된 페르시아 전쟁에서의 행위들, 해군의 독특성, 고대그리스 해상연맹을 통해 그리고 해상무역을 통해 뒷받침된 경제적 번영, 아크로폴리스의 신축과 꽃피운 비극을 통해 뚜렷하게 보여준 중요한 문화적 업적을 토대로 하고 있었다.

이러한 아테네의 위상과 민주제, 그리고 독특한 공동체 문화는 고대 희극 자체와 희극공연의 주체이자 관객이었던(작가를 포함한) 시민들의 자의식을 규정했다.

아테네의 정치, 종교, 문화의 중심지였던 아크로폴리스 유적. 사진 아래에 디오니소스극장이 보인다. 여기는 디오니소스 신을 모시던 성소의 일부였다. The Oxford History of the Classical World.

　기원전 5세기 중반의 아테네 민주제는 사회 각계각층의 남자 시민들의 폭넓은 참여, 무작위에 의한 대부분의 공직자 서출, 부정부패를 방지하기 위한 정교한 예방장치, 재산과 관계없이 개개 시민에 대한 평등한 법률적 보호, 국가 위기 시 소수나 개인보다 다수에 의한 의사결정 등을 기본원칙으로 했다.

　오늘날의 민주주의는 긍정적인 개념이다. 반면에 민주주의의 고대그리스적 형태(아테네 민주제)인 **'데모크라티아**demokratia'는 논란이 많은 국가조직의 정체형식이었다. 과두정치가들과 철학자들은 종종 이것을 비판했다. 아테네 민주주의자들 스스로는 데모크라티아를 법의 지배와 결합시켰고, 근대 민주주의자들과 같이 민주주의는 자유와 평등의 이상과 불가분의 관계로 결합되어 있다고 믿었다. 민주주의는 심지어 신격화되기도 했으며, 기원전 4세기에는 데모크라티아 신에게 제사를 지냈다.

　데모크라티아는 글자 그대로 인민(demos[28])의 지배(kratos)였고, 민회의 결정은 'edoxe to demo', 즉 '인민들에게 좋아보였다'는 표현과 함께 도입되었다. 한 아테네 민주주의자가 '데모스'라고 말할 때 그가 염두에 둔 것은 오직 소수에 의해 꾸려지는 민회가 아니라 전체 시민에 의해 통치되는 형태였다.

　반면 민주주의에 대한 비판, 특히 철학자들의 비판은 데모스를 하나의 계급, 즉 '정규 인민'(아리스토텔레스〈정치학〉), 혹은 다수를 이루어 소수인 농촌사람들과 부자들 보다 투표권을 더 많이 행사할 수 있었던 '도시 빈민'으로 간주하는 경향이 있었다.

　아테네인들의 근본적인 민주주의 이상은 **자유**(eleutheria)였다. 이것은 두 가지 측면, 즉 민주제 기구에 참여하는 정치적 자유와 만족하며 사는 사람으로서 사는 사적인 자유를 의미했다. 자유의 가장 중요한 측면은 표현과 연설의 자유(parrhesia＝freedom of speech)였다.

---

28) demos: 그리스어 "인민(人民)". 즉 아테네와 다른 그리스 도시에서 주권을 가진 민주주의적 시민집단. 특히 "보통 시민"과 "민주적 법률의 지지자들"을 지칭하기도 한다.

이것은 공적인 영역에서는 모든 시민이 정치적 집회에서 그의 동료 시민에게 연설할 수 있는 자유였고, 사적인 영역에서는 모든 개인이 자신의 견해를 말할 수 있는 권리였다. 하지만 민주제를 비판한 철학자들은 민주주의적 자유가 통탄스러운 다원론(pluralism)으로 이끌었고, 민중들이 삶의 진정한 목적을 이해하지 못하도록 방해했다고 비난했다.

민주주의자들의 **평등** 개념은 철학자들이 비난한 것과는 달리 모두가 동등하다는 시각에서 출발한 것이 아니었다. 민주주의자들이 옹호했던 평등은 모두가 정치에 참여할 평등한 기회, 특히 정치적 집회에서 발언할 동등한 기회를 가져야 한다는 것이었다(isonomia). 그리고 모두가 법 앞에 평등해야 한다는 것이었다(isegoria). 평등의 개념은 순수하게 정치적이었고, 사회적, 경제적 영역으로 확산되지 않았다.

아테네 민주제에서 사회 각계각층의 남자 시민들이 참여할 때 더욱 활성화된다는 사상은 기원전 450년대 **페리클레스**(595-429)[29]에 의하여 더욱 강조되었다. 그는 배심원, 500인 평의회 의원, 기타 추첨에 의해 임명된 공직자 등에게 국가수입으로 수당을 제공하자는 법안을 제안하여 통과시켰다. 가난한 시민들이 생업을 일시 중지하면서까지 공직에 나갈 수 없다는 것이 그 주된 논리였다.

10인 장군단을 제외한 다른 공직자들과 배심원들이 받는 수당은 보통 노동자들이 하루에 벌어들이는 수입을 초과하지 않았다. 하지만 수당을 지급함으로써 가난한 아테네 시민들은 더욱 적극적으로 정부 일에 참여할 수 있게 되었다.

페리클레스는 이와 더불어 아테네 민주제의 평등주의 사상을 강화하기 위

---

29) 사진은 베를린 국립박물관에 보관되어 있는 페리클레스 흉상. Knittlmayer / Heilmeyer, S.79.

해 일련의 개혁안들을 도입함으로써, 당대의 가장 영향력 있는 인물이 되었다.

이러한 높은 인기를 배경으로 그는 국내외적으로 여러 정책을 실시했는데, 특히 기원전 451년 양친이 모두 아테네인인 자녀만 시민권을 획득할 수 있도록 하는 법안을 발의 통과시켰다. 이것은 배타적인 아테네의 정체성을 굳건히 했고, 또 아테네 시민권 획득에 대한 아테네 여성의 특권을 새롭게 인정한 것이었다. 시민권법 통과 직후 아테네 시민 명부에 대한 일제 조사를 실시해 가짜 시민권을 가진 자는 추방되었다.30)

시민권은 특정한 법적 권리를 포함하고 있었다. 분쟁을 해결하기 위해 법원을 이용할 수 있었고, 납치에 의해 노예가 되는 것으로부터 보호받을 수 있었으며, 도시국가의 종교적, 문화적 행사에 참가할 수 있었고, 아테네 영토에서 땅과 집을 소유할 수 있는 권리 등을 의미했다. 자유민 남녀의 신분은 노예나 메토이코이(제한된 법적 권리를 갖고 자신의 본국이 아닌 도시국가에 거주하는 것을 허락받은 거류 외국인)와 뚜렷이 구분되었다. 자유민은 가난하더라도 시민권이 없는 집단과는 구분이 되었다. 남자들의 경우 시민권은 또한 참정권을 포함했다.

많은 민주적인 관행이 **페리클레스 시대**에 시행되었으나 이것은 근대의 대의정치가 아니라 직접 민주정치의 관행이었다. 관직의 선출이 높이 평가되었으나 모든 시민이 관직을 차지하는 균등한 기회를 위해 추첨으로 뽑는 것이 보통이었다. 반면 가장 영향력 있는 공직자인 민간 부분 중 특히 재정 및 군사 부문을 책임지는 10인 장군단은 선출직이었다. 장군단의 일은 경험과 기술을 필요로 했기 때문에 민회에서 투표로 선출되었다.

이 시기의 아테네 민주제의 개인에 대한 다수의 우위라는 원칙은 아테네에서 개인을 10년 동안 추방시키는 **도편추방**(오스트라시즘)이라는 제도에서 가장 잘 드러나 있다. 매해 민회는 이 제도의 실시 여부를 결정했다.31)

---

30) 시민 인구는 총 대략 3만−5만 정도에 달하는 18세 이상의 성인 남성들이었고, 그 중 3분의 2가 30세 이상으로 완전한 정치적 권리를 소유하고 있었다. 아티카의 인구는 남자와 여자를 통틀어 시민과 외국인, 노예를 합쳐 대략 3십만에 달했다.

도편추방에 사용된 도자기 조각들. 기원전 484-443년의 아테네 지도자들의 명단이 새겨져 있다. 시계 방향으로 왼쪽 위부터 리시마코스의 아들 아리스테이데스, 네오클레스의 아들 케미스토클레스, 크산티포스의 아들 페리클레스, 밀티아데스의 아들 키몬. 아고라와 다른 도기 발굴 장소에서 1만개 이상의 조각이 발견되었다. Camp / Fischer, S.137.

만약 어떤 해의 투표에서 도편 추방자를 결정하기로 되었다면, 모든 남자 시민들은 사전에 정해진 날에 모여서 도자기 조각에다 추방 대상자의 이름을 적어내야 했다. 결정은 다수결에 의해 결정되어 가장 많은 표를 얻은 자는 의무적으로 아티카 밖으로 나가 10년 동안 살아야 했다. 그 밖에 다른 처벌은 없었고, 가족과 재산의 피해도 없었다. 이것은 형사적 징벌이 아니었고, 10년 유형 이후에는 시민으로 예전과 동일한 권리를 행사할 수 있었다.32)

도편추방은 이것이 다수결의 원칙을 집약적으로 상징하기 때문에 아테네 민주제를 이해하는 핵심적인 사항이다. 도편 추방은 아주 극한적인 상황에서 개인의 이익과 집단의 이익이 상충할 때 집단의 이익이 늘 우선한다는 것을 보여주었다. 아테네 사람들은 민주제를 보호하는 가장 좋은 방법은 소수의 변칙과 무책임보다는 자유민 남자 시민의 다수의 의견을 따르는 것이

---

31) 이제도의 용어는 오스트라카(ostraca)(=부서진 도자기 조각)라는 말에서 나왔다. 그런 부서진 도자기에다 추방할 사람의 이름을 적어냄으로써 추방자를 결정하는 것이었다.

32) 도편추방이 존재할 수 있었던 것은 이것이 유형, 무형의 위험으로부터 아테네 제도를 보호했기 때문이다. 또 이것은 아테네 민주제를 위협하는 인물을 제거하는 방편이기도 했다. 정치적 권력자, 대중의 인기가 너무 높아 장래 참주로 등장할 가능성이 있는 인물, 사회 전복 성향이 강한 인물 등이 그 대상이었다. 대부분의 경우 도편추방은 민회가 승인했으나, 커다란 정치적 혼란을 가져온 실패한 정책에 대하여 저명한 인사에게 책임을 묻는 수단으로 이용되기도 했다. 이 제도는 기원전 416년까지 지속되었다.

라고 생각했던 것이다.

아테네 민주제는 또 후원제도를 통하여 부자들이 공동체의 행사에 돈을 기부하도로 유도했다. 이런 제도에 힘입어 아테네는 다른 도시국가들에 비해 계층 간의 갈등을 나스리는데 비교석 유리했다.

아테네의 부유한 사람들은 코레구스(choregos[33])로서 전함의 건조라든가 드라마 축제 등에서 코러스 등이 입을 의상비 등을 출연함으로써 도시국가의 공공행사에 적극적으로 지원했다. 일반 대중들은 여기에 대해 감사의 정(charis)을 표시함으로써 이들의 공을 찬양했다.

부자들은 소송에서 기존에 행했던 공공봉사이 건수를 열거함으로써 유리한 재판결과를 유도했고, 일반 시민들 역시 이런 공공봉사의 의미와 중요성을 잘 의식하고 있었다. 아테네의 민주제는 이런 '카리스의 정치학'을 통해 사회적 불평등을 해소해 나갔다.

귀족이 이끌어가던 민주제 이전의 아티카에서 부는 그 자체로 정의로운 것이 아니라 주로 명예를 유지하는 수단으로 가치가 있었다. 이 귀족주의적 명예욕은 민주주의 시대로 전환되어야 했다. 그래서 개인적인 야망은 가족집단화가 아니라 전체로서의 폴리스에 봉사할 수 있도록 만들었다. 전차경주는 비극과 희극 같은 새로운 형태의 경연대회에 의해 빛을 잃었다.

고대 연극의 코러스는 급료를 받는 일반 시민들로 이루어져 있기 때문에 민주주의적이지만, 동시에 부유한 후원자(코레구스)들에 의해 재정적으로 지원되었고, 부자들의 귀족주의적 명예욕을 충족시켰다.

가장 중요한 아테네 **민주제의 특징**은 아티카 구성원의 일부인 시민들 다수가 입법과 행정, 사법에 직접 참여했다는 점이다.

하지만 아테네의 모든 시민이 시민의 의무에 선뜻 응한 것은 아니었다. 시민들을 협의회와 재판소에 나가도록 하기 위해 국가는 일당과 급식을 마련했다. 이것

---

33) choregos(pl. choregoi): "코러스를 움직이는 자". 코레기아(choregia pl. cho-regiai—아테네에서 디티람보스나 드라마에 출연하는 코러스 훈련을 조직하고 재정을 부담하도록 부유한 시민에게 부과된 의무)를 수행하는 시민.

공직배분을 위해 사용된 **토큰들**(약 450~425년경). 서로 다른 짝으로 이루어진 진흙 토큰을 사용해 개인이나 집단이 맡는 공직을 배정했다. Camp / Fischer, S.137.

은 민회에는 적용되지 않았기 때문에 시민의 일부만 민회에 참가했다. 농촌의 농부들 보다는 도시의 시민들이 주요 안건에 더 많은 영향력을 발휘할 가능성이 있었다.

여자는 참정권이 없었다. 음식과 출산, 양육을 전담했고, 남자들은 일반적으로 여자를 사회적, 지적 동등인으로 용인하지 않았다. 여성시민은 직접적인 권리는 많이 갖고 있지 못했으나 시민권의 기본적인 사항은 누릴 수 있었다. 여성 시민은 우선 정치에서 배제되어 있었고, 법정에서는 남자 보호인을 내세워 발언해야 되었으며, 임으로 대규모 금전이 오가는 계약을 체결할 수 없었던 반면, 자기 재산을 통제할 수가 있었고, 신체와 재산에 대하여 법의 보호를 받을 수 있었다.

또 아테네의 모든 남자 주민이 시민은 아니었다. 시민의 수는 메토이코이, 즉 거류외국인과 노예들의 수와 거의 같거나 그 보다 적었던 것으로 추정된다. 거류외국인들은 스파르타의 페리오이코이와 대등한 아테네의 주민들이었다. 외국과의 연줄이 있었기 때문에 그들은 도시의 해운업과 수입업을 장악하고 있었다. 솔론이나 클레이스테네스의 시대에는 메토이코이가 실제로 귀화시민이 되는 기회가 있었지만 페리클레스는 귀화와 외국인의 토지 소유를 금지했다.

근대 시민사회에 비하면 아테네의 민주주의는 **귀족주의적 요소**를 가지고 있었고, 특히 시민과 비시민의 구별이 그랬다. 아테네 민주주의가 비록 소수자의 민주제였긴 했지만 당시의 고대 국가들에 비하면 주목할 만한 정치적 발전을 보여주었다.

하지만 민주주의 이상과 마찬가지로 '후원제도' 역시 모두, 특히 부를 공유해야 했던 귀족들 모두에게 똑같이 환영받은 것은 아니었다. 이런 민간후원에 의한 재원조달 시스템에 대한 부정적인 시각은 아래의 민주제를 지지하지 않는 익명의 아테네 사람의 글에서 잘 드러나 있다.

> "운동경기의 훈련과 예술의 추구는 민주주의자들에 의해 파괴되었다. 그들은 그런 활동을 할 능력이 없기 때문에 거기에서 좋은 것을 아무 것도 보지 못한다. 코러스, 횃불 릴레이 경주, 군함에 재원을 대는 것에 대해 말하자면 그들은 부자는 코레구스로 봉사할 것이고 민중은 수혜자가 될 것이라는 걸, 부자는 경주를 소집할 것이고 민중들은 그들의 배를 갖고, 그들의 경주를 즐길 것이라는 걸 알고 있다. 민중들은 노래하고, 달리고, 춤추고, 노를 젓는 대가로 현금을 받아 행복하다. 그래서 부자가 점점 가난해 지는 반면 그들은 이득을 얻게 된다."34)

이 반론은 새로운 예술 형식에 대한 미학적 경멸과 부의 재분배를 포함하는 공공봉사형태에 대한 불만을 잘 보여준다. 이 익명의 작가는 민주제의 아테네가 어떤 다른 그리스 도시보다 더 많은 축제행사를 벌이며, 공적인 일을 진행하기 힘들 정도로 거기에 몰두한다고 암암리에 비난하고 있다.

이 사람의 시각은 아테네 민주제의 내적인 분열을 암시하고 있으며, 그런만큼 공동체의 연대를 강조하고 실천하는 축제와 연극 공연의 필요성이 더욱 컸다는 것을 역설적으로 말해주고 있다.

아리스토파네스의 희극을 비롯해 비극 다수에서 개인보다 공동체의 중요성이 지속적으로 강조되는 것은 제한적인 민주제 아테네 사회의 가능성과 위기의식을 대변하는 것이라고도 해석할 수 있다. 역설적으로 아테네 특유의 비극과 희극을 탄생시킨 것은 연대가 아니라 분열이었던 것이다.

이처럼 일정한 한계를 갖는 도시국가 아테네의 민주제하에서 정규 시민들에게는 의사표현의 자유를 민회에서뿐 아니라 연극에서도 보장했다. 이런 발언의 자유는 정치적 비방과 희화화의 예리한 형식뿐 만 아니라 정치적 테마를 허용했다.35) 포괄적인 의미에서 모든 정치적인 것이 직접민주주의 시

---

34) Wiles, Greek Theatre Performance, 51쪽에서 재인용.

민들에게 있어서 관심의 대상일 뿐만 아니라 본질적이었으며, 작가들에게 동시에 소재와 관점의 권리를 허용했다.

포괄적인 의미에서 정치적이라는 것은 여기서 그리스 말의 의미에 합당하게 폴리스에서 합의되고, 민주적으로 규정된 시민계층과 관련된 모든 것을 의미하며, 구체적으로 근대적 의미에서의 국가행위와 주요정치행위뿐만 아니라 종교와 제사, 교육과 문화, 법과 재판, 복지와 경제, 예술과 특히 연극경연, 간단히 말해 공동체에 해당되는 모든 것이다.

고대그리스극의 제도적 조건은 곧 그것의 사회적 역할과 연관된다. 공적인 행위이자 예술적 행위로서 연극공연은 당연히 구성원들의 놀이에 대한 욕구를 충족시켜주었을 뿐 아니라 참여과정에서 공동체 감정을 고취시키는 역할을 했다.

축제의 전 맥락 속에서 연극 경연은 전 그리스의 주도적인 도시국가로서 자기감정의 형성과 민주주의의 정체성을 확립하는 계기가 되었고, 더 나아가 직접적인 현실에서 하나의 학습기관으로서 배움을 얻을 수 있었다.[36]

헌법에서 요구된 아테네 시민들의 공적인 참여는 엄청났다. 보통 매년 만2천에서 만4천의 아티카 시민들이 마을 행정 업무에서부터 최고의 공직에 이르기까지, 그리고 국경 수비대에 있거나 해상 동맹 부대에 배치된 단순한 군인들로부터 아테네 법정의 배심원들을 거쳐 일년 내내 디오니소스축제의 코러스공연을 준비하는 수백 명의 시민들에 이르기까지 참여하고 있었다. 기능은 다양했고, 종종 세부적인 전문지식과 전문숙련도를 요구했다. 이것을 위한 교육은 없었고, 마찬가지로 직업공무원제도도 없었다. 노동자임금

---

35) Vgl. Bleicken, Die athenische Demokratie, S.344-351.

36) 축제는 민중들이 공적인 잔치와 종교적 경험, 위대한 예술의 콤비네이션이었던 공연을 즐길 수 있었던 민주주의적 문화의 중심이었다. 도시디오니소스제에서는 연극공연 전에 240마리 정도의 소를 의례에 맞추어 도살해 먹는 날이 있었다. 떠들썩한 술자리가 있었고, 많은 평민들은 거리에서 자면서 밤을 보냈다. 문화적 의미에서 중요한 측면은 공적 축제가 함축하는 후원제도에서의 변화였다. 위대한 예술을 의뢰하는 사람은 더 이상 참주나 귀족이 아니라 전체로서의 시민(demos)이었다. 예술은 보다 공적이고, 보다 다채로운 상연에의 요구에 대한 대응물을 생산했다.

수준 이하의 약간의 손실보정 말고는 보상금은 지불되지 않았다. 아테네인들은 시민이었지 신민이 아니었고, 국가행정은 시민의 손으로 집행되었다.

당연히 개인들이 당면하는 문제는 심각했다. 실용적인 노하우가 문제가 아니라 국제적 대외정책의 문제에서도 마찬가지로 장기간의 전망을 평가할 줄 아는 능력, 높고 반성적인 가치의식, 할 수 있는 것과 허용된 것에 대한 지식, 즉 기술적인 숙련 외에 원래의 의미에서 정치, 외교적, 윤리적 숙련성을 요구했던 사례들 역시 문제였다.

여기서도 기원전 5세기가 경과하는 중에 방향설정과 교육에의 욕구가 증가했다. 물론 합당한 친숙한 전통들을 근거로 잠재적으로 그런 지식을 소유하고 있는 계층, 즉 관료계층이 있었다. 하지만 바로 그들의 영향을 젊은 민주주의는 제한해야 했다.

보다 부유한 아테네 시민들은 이 세기의 후반에 소피스트들에게서 국가지도를 위해 중요한 분야의 교육을 받았지만 대개는 수업료가 무척 비쌌다. 재산이 없는 주민들은 이런 선생들을 모실 수 없었다. 이런 상황에서 희극은 비극과 함께 아티카 시민들에게 여가시간이자, 일반적인 정치, 윤리적 문제의 성찰을 위한 광장, 사회적 책임에서 어느 정도 자유로운 정치행위의 장으로 봉사할 수 있었다.37)

다음 장에서는 실제로 연극, 특히 희극이 어떤 형태로 이런 사회적 기능을 수행했는지 제도와 공연양식을 통해 살펴보기로 한다.

---

37) 이런 맥락에서 비극공연 역시 희극과 마찬가지로 공동체적 문화의 산물이다. 민주주의와 비극이 동일한 역사적 계기에서 탄생한 것은 우연의 일치가 아니다. 고전시대의 아테네 민주주의의 각 일원은 결정권자로서의 그 자신의 책임을 자각했다. 그리고 신이 부여해준 좋은 사회의 모델은 없다는 걸 알았다. 비극은 아테네인들로 하여금 함께 하고, 그들의 문제를 통해 집단적으로 사고하는 것을 허용했던 도구였다. 그리스 말 폴리스 polis 는 '도시 국가' 혹은 시민들의 공동체를 의미한다. 그리스 비극은 불가결하게 '정치적'이었다. 그것의 주요 문제는 폴리스의 행복이었으며, 거기서의 공연은 다양한 사람들이 하나의 폴리스가 되게 하는 것의 일부였다. 기원전 5세기 당시에만 해도 양자의 차이는 전통에 의해 형성된 각각의 역할의 차이 정도에 지나지 않았을 것이다.

제4장 디오니소스제와 희극공연

1. 도시(대) 디오니소스제

그리스 연극은 디오니소스제라는 종교적 축제의 일부로서 공연되었다. 하지만 그리스 연극의 종교적 맥락의 중요성은 과소평가되어서는 안 되지만 또한 과대평가하는 것도 경계해야 한다. 다른 전통적인 사회에서 발견되는 다양한 축제행렬과 연극과 유사한 제의와는 달리 그리스 연극은 보다 세속적인 특성이 강했다. 연극은 대부분의 그리스 사회가 지배적인 농촌의 귀족주의적 사회에서 도시 민주주의 사회 형태로 이행될 때, 그리고 전통적인 신앙심이 새로운 사회 구조에 적합한 시민 이데올로기에 의해 대체되기 시작할 때의 제의에서 발전되었다.

1) 역사적 배경

아테네는 그리스의 가장 척박한 지방의 하나인 아티카반도의 해안에서 수 마일 떨어진 곳에 자리 잡고 있었다. 아테네 도시국가는 많은 소국가들이 하나의 폴리스로 합쳐서 성립한 것으로 아티카 지방 대부분을 차지하고 있었다.38) 초기에 미미한 도시국가의 하나에 불과했던 아테네는 1) 민주적

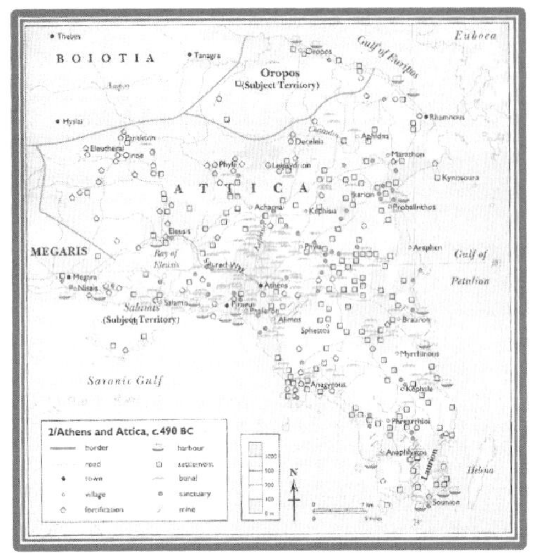

기원전 5세기 초의 아티카 지역. Morkot, S.75.

제도와 2) 페르시아전쟁의 승리 3) 이후 그리스 세계의 패권 장악 4) 그리스인의 '스타일'을 결정하는데 결정적인 역할을 한 문화적 주도권의 확립을 통해 기원전 5세기 그리스의 중심 국가가 되었다.

기원전 6세기 초까지 아테네는 귀족주의적인 엘리트 중심의 지배구조를 이루고 있었다. 이 시기에 아티카의 인구는 빠른 속도로 불어났고, 자유농민들이 급속하게 성장하는 인구계층을 형성했다. 기원전 8세기 아르카이크 시대 초기에 경제적 조건이 개선되면서 농민들의 위상이 높아졌고, 이 소규모 농부들은 아테네의 정책 결정에 일정한 발언권을 요구했다.

솔론의 중도적 개혁39)에도 불구하고 6세기 중반까지 아테네는 엘리트들

---

38) 기원전 14세기에서 12세기의 도리스인들의 침입 이후 8세기 이전까지의 그리스 역사는 소위 '암흑시대'로서 알려진 바가 없다. 그 이후 8세기의 그리스는 수많은 소국가들이 분립하고 있었다. 산과 만으로 가로막힌 골짜기와 들판은 그리스 본토와 섬 모두에서 천연의 경제적 단위를 이루었고, 정치적인 단위가 되었다. 정치적 단위는 도시와 그 주변의 농촌지역을 포함한 도시국가, 폴리스였으며, 시민의 다수는 실제로 농부들이었다. 그리스의 보통 도시는 현대의 기준으로 보면 조그만 읍에 지나지 않을 정도로 대개의 경우 면적이 작았다. 이러한 형태의 도시국가는 100여 개에 달했다. 폴리스의 중심은 대개 가파르고 험한 바위로 된 아테네의 아크로폴리스(=높은 폴리스)처럼 천연의 요새가 많았다.

39) 기원전 594년 내전이 발생하기 직전의 갈등상태에서 위기에 대처할 비상대권을 부여받은 솔론은 기존의 재정적 우위를 지키려는 부자들의 요구와 대지주들의 땅을

사이의 관직과 신분에 대한 경쟁 및 가난한 아테네 시민들의 지속적인 불만으로 인해 갈등이 상존했다. 그 결과 참주제가 생겨났다.

소위 그리스의 **참주 시대**(기원전 7~6세기)는 정치적 야심가들이 토지에 기반을 둔 구 귀족계급에 맞서 정치적 권력을 장악하기 위해 무역과 상업을 통해 새로운 부의 축적을 하던 시기였다. 도시의 권력 토대를 발전시키면서 참주들은 거대한 도시 축제를 도입하고, 중요한 제의 대상을 도시 중심으로 재배치함으로써 사제권, 신전의 유지와 소유, 희생물의 투자 등을 통해 대부분 지역의 귀족들이 통제하고 있던 수많은 전통적인 농촌 축제들을 축소하는 작업에 착수했다.

여기서 디오니소스는 적절한 대안으로 여겨졌다. 주로 포도주와 취한 채 돌아다니는 행위를 누리는 디오니소스 제의는 엄청나게 대중적인 매력을 가지고 있었을 뿐만 아니라 평등주의적인 요소가 강했다. 신화에는 그를 숭배하는 형태에 계급구분이 없었고, 디오니소스의 숭배자들은 차별 없는 조화로운 집단으로 이상적으로 투사되어 있었다.

엄격히 말해 비록 이런 디오니소스 축제들이 본성에 있어 여전히 종교적이긴 했지만 전통적인 신화와 제의들에 대한 새로운 세속적 형식과 관점을 제공했다. 새로운 축제들의 목적은 정치적으로는 도시국가에, 궁극적으로는 참주 자신에게 집중된 통합된 국가의 힘을 전시하고, 공통의 문화적 정체성과 새로운 정치적 실제와 일치하는 가치 체계를 촉진하는 것이었다. 궁극적으로 "참주들"을 등장시킨 새로운 역사적 조건들에 의해 아테네(510-503년)와 그 밖의 다른 도시국가에서 민주적인 법률을 통해 이 축제들이 폭발적으로 확산되고, 다른 유사 축제들을 대체하게 되었다.

재분배해야 한다는 빈민들의 요구를 절충한 중도노선을 취했다. '부채탕감'을 통해 실제로 땅을 재분배하지 않으면서 저당 잡힌 농지를 자유롭게 풀어놓고, 부채로 인한 노예화를 금지시켰다. 또한 민주주의를 숙성시키는 여러 조건들을 발달시켰다. 솔론의 개혁으로 인해 아테네 남자 시민들은 스파르타에 비해 개인적 주도권과 변화를 더욱 장려하는 정치적, 사회적 제도를 갖게 되었다. 또 시민들의 범죄 고발권과 민회에서의 상소권을 보장함으로써 정의의 실천을 공직자인 엘리트들 뿐 아니라 일반 시민의 관심사로 만들었다. 동시에 솔론은 귀족들의 권력기관인 '아레오파고스'에 폭넓은 권한을 부여함으로써 양자 사이의 균형을 잡았다.

따라서 도시디오니소스제는 디오니소스를 기리는 다른 축제(농촌디오니소스제, 레나이아제, 안테스테리아제)와 함께 고대의 관습이 아니라 민주주의 형성기인 기원전 6세기 후반의 참주 **페이시스트라토스**의 의도적인 정치행위의 결과였다.

2) 페이시스트라토스의 디오니소스 축제 도입

부유한 친지들과 가난한 사람들의 지원을 등에 업고 수차례의 시도 끝에 기원전 546년 참주로 올라선 페이시스트라토스는 반대 귀족 세력을 추방하고 그 토지를 토지 없는 농민에게 나눠줌으로써 귀족 반대세력을 무력화시켰다. 페이시스트라토스는 비록 귀족 출신이었으나 귀족들의 이기적인 지배 형태를 간파하고 솔론의 개혁을 넘어 평민, 특히 농민계층을 강화시킴으로써 국가를 실질적으로 건강하게 유지할 수 있다고 생각했다.

그는 다양한 농민 부양정책을 통해 빈민들의 지지를 이끌어냈다. 농민들에게 농기구 조달 자금을 제공했고, 또 가난한 사람들에게 도로개량공사, 거대한 제우스 신전의 건립, 도시의 물 공급량을 늘리기 위한 샘물 개발공사 등등 공공 토목공사에 참여토록 함으로써 빈민들의 지지를 받았다. 그는 농산물에 세금을 부과하여 거기서 마련된 돈으로 영농 및 건설공사 기금으로 충당했다. 또 재판관들이 아티카의 변방 마을들을 순회하면서 재판을 하도록 조치했다. 그렇게 해서 바쁜 농민들이 재판을 위해 도시의 법정으로 오는 시간을 절약하도록 했다.

사회, 문화적인 측면에서 페이시스트라토스의 개혁은 무엇보다 사원 건축과 조각 등을 통해 아테네의 위상을 높이는 한 편 시민들의 종교적 삶과 제의적 축제에 일대 혁신을 가했다.40) 무엇보다 아폴론과 연결된 도리아의

---

40) 고대 아테네에서 종교의 목표는 실질적이고 현세적이었다. 곡식의 신 데메테르와 술의 신 디오니소스의 여러 가지 축제들 대부분을 포함한 많은 전통 축제가 농사와 연관되어 있었다. 대부분의 제사는 공동체의 민간 달력에 미리 정해진 행사일정에 따라 집전

올림피아와 이스트모스의 축제지역에 매어있던 아
테네 시민들의 종교적, 제의적 구속을 단절시키고,
독자적이고 화려한, 전 그리스적 규모의 경연대회
와 결부된 봉신축제를 도시의 수호여신 아테나[41]
와 연결시켰다. 또한 부족 단위의 제사의식과 엘
레우시스의 비교(秘敎)를 장려함으로써 아티카 지
역의 독자적 삶을 의식적으로 강조했다.

페이시스트라토스는 과거의 지역 축제에 새롭게
도입한 축제를 혼합 혹은 덧씌우는 정책을 폈는
데, 새롭게 도입된 제의에 유서 깊은 성스러움을
부여할 수 있는 신화를 덧붙이는 방식을 이용했
다. 원래의 페이시스트라토스 이전의 제의는 아티카에서 한 동안 살아남았
고, 도시의 디오니소스제와 구별하기 위해 "농촌 디오니소스제"로 알려진 디
오니소스를 숭배하는 수많은 지역 축제와 유사했다. 이런 지역의 오래된 축
제들은 원래 제물을 바치기 전에 제의 중앙으로 향하는 남근(pallus) 행진
으로 구성되어 있었다.[42]

되었다. 아테네의 경우 매달 첫 여드레는 시민들이 도시국가의 공식 의례 대상인 여러
신들에게 경의를 표시하는 날들이다. 매달 세 번째 달은 아테나의 탄신일이고, 여섯째
날은 아르테미스의 탄신일이었다. 범아테네(전 아테네인들의 축제)제전과 아테네의
시노에키아제(테세우스가 소규모의 작은 마을들을 하나의 정치적 단위로 묶었다는 신
화를 바탕으로 한 시노에키즘의 축제)같은 정치적 질서를 찬양하는 축제도 있었다.
범아테네 축제는 희생 의식과 행진으로 아테나를 경배했을 뿐만 아니라 음악, 무용,
시가, 운동 등의 경합행사를 개최했다. 대회의 우승자들에게는 상이 수상되었다. 여성
들만 참석하는 축제로는 데메테르 여신을 기념하여 유부녀들만이 참석하는 사흘간의
축제를 들 수 있다. 또 항해나 전쟁 같은 위험한 활동을 할 때도 특별한 신의 보호를
비는 제의가 있었다. 이런 제의를 행하는 수도원들이 있었다. 선원들은 자신들의 후원
자인 신들에게 제사를 지냈고, 신을 불러내는 것은 사회나 사법, 상업 활동에서도 공
통의 행사였다. 무엇보다 그리스인들은 신들로부터 실질적인 도움, 즉 계시적 조언과
치유를 받고자 했다. 계시를 받는 곳은 델피의 아폴론 신전 같은 신탁 신전이었다.
41) 왼쪽은 투구를 쓴 아테나 여신 상. 아테네의 수호신이자 수많은 다른 도시국가의
    수호신이기도 했다. Archäologisches Nationalmuseum Athen, S.63.
42) 고대의 사료들은 남근 막대기의 사용과 농촌 디오니소스제 행진 때 음탕한 노래를 불

결국 전통적인 토착신이 아니었던 디오니소스 숭배는 페이시스트라토스가 농촌의 주민들을 토착 지역에 결속시킨 결과로 탄생했다. 그를 통해 디오니소스는 아티카 지역에서 최초로 진지한 제의의 장소를 얻게 되었고, 대규모 디오니소스 축제를 통해 아테네 주민들의 종교적, 정치적, 사회적 삶의 핵심에 자리 잡게 되었다. 이것을 통해 그는 정치적으로 지역문화에 근거하고 있는 귀족 정치 라이벌들의 영향을 견제했고, 호머-올림피아에 결부된 종교적 전통을 약화시켜 아테네 독자적인 의식을 활성화시켰다. 결국 아테네의 디오니소스 축제는 수많은 그리스 반도의 지역문화대신 전 그리스를 아우르는 축제로 자리 잡았다.43)

기원전 511/510년 민주주의의 도입과 함께 이 축제의 정치적 중요성이 커졌고, 최고 집정관인 아르콘 에포니모스(archon eponymos)가 축제의 조직을 책임졌다. 페르시아전쟁을 거치면서 생성되기 시작한 민주주의 공동체를 위해 도시디오니소스제는 다양한 프로그램과 문학적 상징화를 통해 본질적으로 아직 확립되지 않은 정체성과 새로운 아테네의 자기가치감정의 강화에 기여해야 할 역할이 부여되었다.44)

페이시스트라토스 이전의 참주 클라이스테네스(BC 600~BC 570)는 아테네에 민주주의 제도 개혁을 실시한 새로운 정치적 체제를 확립하기 위해 네 개의 부족으로 구성된 구 행정단위를 없애고 10개의 새 부족을 대체했기 때문에 시민들에게 새로운 정체성을 형성하는 것이 요청되었다. 이 새로운 정치 체제의 기초를 이루는 부족개혁의 목표는 10개의 민주제 부족들에는 각각 해안과 도시, 내륙농촌의 세 지역이 함께 묶여있었기 때문에 아테네의 시민계층을 뒤섞는 것이었다. 귀족들의 구 영향지역들은 이것을 통

렸다는 것을 증명한다. 기원전 6세기 중반 아티카 흑회 인물 묘사 잔은 남근 행진을 묘사하고 있다. 델로스의 세모스는 3세기의 팔로스 퍼레이드를 기술하고 있는데 이것은 "처녀 봉헌"으로 기술된 제의적 노래와 남근 막대기, 청중의 일원으로 이루어진 코러스에 의한 즉흥적인 비방을 포함하고 있다. Vgl. CAD 98.

43) Vgl. Scheffer, Die Kultur der Griechen, S.86-89. 또한 Bleicken, Die athenische Demokratie, S.34ff.

44) Vgl. Zimmermann, Die griechische Komödie, S.16f.

해 단숨에 파괴되었다.45)

아테네의 행정단위를 크기별로 나열하면 10개의 부족(phyle), 30개의 소부족(trittyes), 지역구(demoi) 순이 된다. 지역구는 아테네 정치제도의 기본단위로 시골 마을과 도시의 이웃하는 동네로 구성되었다. 전에 4부족으로 나누었던 간단한 행정단위를 대체한 이 복잡한 제도는 10개의 부족이 각각 농촌과 도시 지역이 혼합된 이질적인 구성원들의 행정단위를 인위적으로 만들어 내기 위한 의도로 만들어졌다.

이것은 현지의 유력인사들이 이웃의 가난한 사람들에게 영향력을 행사하여 선거결과를 쉽사리 통제할 수 없도록 함으로써 과두석 정적들의 정치권력을 견제하는 제도개혁의 일환이었다. 또한 아티카 전역의 지역구로 구성되는 10부족 제도는 아테네의 남자 시민들이 폭넓게 아테네 정부에 참여하는 행정적 기반을 제공했다. (500인 평의회, 10장군, 시민 민병대) 이 제도개혁은 결국 엘리트들 사이의 기존 정치적 동맹을 약화시킴으로써 보편적 민주제와 정치적 안정의 효과를 가져왔고, 가능한 한 많은 숫자의 시민이 직접 참가하는 민주제를 정립시키는 데 기여했다. 또한 도시디오니소스제, 특히 연극경연과 디티람보스 경연의 핵심 구조를 이루게 되었다.

3) 도시디오니소스제 행사

아티카 지역에서 매년 열리는 디오니소스 축제 중에서 가장 규모가 큰 도시디오니소스제는 겨울에 열린 레나이아제와는 달리 봄에 열렸다. 이 계절적 요인은 다수의 인원이 참여하는 야외행사를 위한 최적의 조건을 제공했다. 태양은 온기의 근원이었다. 타 도시국가와 외국의 방문자들은 아테네로 안전하게 항해할 수 있었고, 농촌사람들은 도시로 여행 와 야외에서 식사도 하고 잠도

---

45) Vgl. Martin, Ancient Greece, S.87f.

잘 수 있었다. 도시 디오니소스축제가 열리는 곳은 아크로폴리스에 인접한 디오니소스극장이었다. 여기서는 단지 종교적이라고만 볼 수 없는 다양한 정치적, 상징적 행위(Performance)가 벌어졌다. 이것은 도시디오니소스제가 폴리스 내부와 외부에 대해 갖는 이중의(정치적) 기능을 잘 보여주는 것이다.

(1) 예비경연(proagon)

디오니소스 축제가 벌어지는 날은 도시 전체가 휴일이었다. 심지어 죄수들조차 보석금을 내고 풀려났다.46) 본 축제 시작 이틀 전(elaphebolion 8일)에 (디오니소스극장에 붙어있는) 페리클레스 오데이온(음악당)에서 예비경연 형식으로 연극이 소개되었다.47) 프로아곤은 우선 코레구스들의 재정적 활동을 이미 사전프로그램에서 확인할 수 있는 자리였다.

예비경연의 진행상황을 추측해보면 작가들이 배우들과 함께 임시 연단에

---

46) "에우고로스가 앞으로 나선다: 피레우스에서 디오니소스를 위한 퍼레이드와 희극, 비극이 벌어질 때, 레나이아아제에서 퍼레이드와 비극, 희극이 열릴 때, 도시디오니소스제에서 퍼레이드와 소년들의 〈디티람보스〉, 난행(코모스), 희극과 비극이 있을 때, 그리고 카르겔리아에서 퍼레이드와 경연이 있을 때는 항상 심지어 이 기간 동안 돈을 갚을 기한을 넘긴 사람이라 해도 그 사람을 체포하거나 가두는 것이 허용되지 않는 것입니다. 만일 누군가가 이 규칙을 어기면 고통을 당한 쪽에서 기소할 수 있었고, 다른 범죄자들에게 적용되었던 법률에 따라 범죄자로서 디오니소스 성소에서 열리는 민회에 출석하게 되는 것입니다." Demosthenes 〈Against Meidias〉 10에 들어있는 에고로스(Euegoros) 법. 이 연설은 B.C. 346년에 기록되었고, 에우고로스법(法)이 제정된 날짜는 알려져 있지 않다. CAD 112. "아테네에서는 디오니소스제와 범아테네 축제가 거행되는 동안 보석금을 받고 죄수들을 감옥에서 석방하는 것이 관례였다." Demosthenes 〈Against Androtion〉 68 에 대한 고전주석. CAD 113.
47) Vgl. Picard-Cambridge, Festivals, S.66. "(데모스테네스는) 집행관들이 우리가 나스클레피우스에게 봉헌하고 예비경연을 치룰 때인 엘라페볼리온 8일째 공휴일에 민회를 연다는 법령을 (도입했다). 이것은 이전에는 한 번도 시행된 적이 없었던 것이다." (Aschines 〈Against Ktesiphon〉 66-67. BC 330년) "도시디오니소스제가 열리기 수일 전 소위 음악당에서 비극작가들의 경연(agon)과 그들이 극장에서 상연할 작품 전시회가 열렸다. 그래서 이 행사를 글자 그대로 프로아곤(즉 '예비경연')이라 불린다. 배우들은 의상을 입지 않고, 가면을 쓰지 않은 채 참석했다." (Aschines 〈Against Ktesiphon〉 67에 대한 고전주석). CAD 109f.

올라 완성된 작품의 주제를 고지하는 형식으로 진행된다. 예비경연에 참석하는 배우들은 가면이나 의상을 착용하지 않았다.

(2) 전야제와 첫날

축제 첫날 전야제 때 디오니소스의 예배상이 시민이 된, 즉 무기를 들 수 있게된 청년들에 의해 도시에서부터 아카데미에 있는 작은 사원으로 옮겨졌고, 거기서부터 촛불을 든 축제 행렬이 대로를 따라 디필론 문을 지나 아고라를 거쳐 디오니소스극장까지 운반되었다. 이 의례는 신이 아테네에 도착했음을 상징한다.48)

다음날의 행진 의식에서 폴리스 이테네는 자신의 정치 구조를 과시한다. 시민들은 그들의 10부족으로 나뉘어져 있었고, 각각의 부족은 제단에 바칠 황소를 가지고 왔다. 군사 훈련 중인 젊은 남자들과 집행관 같은 집단들도 구분되었다. 외국인 거류민들은 홍의(紅衣)를 통해 구분되어 그들이 도시의 부분이자 또 부분이 아니라는 두 가지 사실을 보여주었다. 시민들은 와인 가죽부대를 지녔고, 반면에 외국인 거류민들은 사회에서의 그들의 위치의 상징인 물에 와인을 탄 믹스 병을 지녔다.

여기서 네 가지 민족적 자기표현 행위가 펼쳐진다. 극장을 제의적으로 정결하게 하고, 그 후 아테네 국가에서 가장 중요한 선출직인 10장군에 의한 헌주(신에게 바치는 포도주)가 이어졌다. 헌주가 디오니소스 사제나 다른 성직자에 의해 수행되지 않고 국가의 시민 우두머리들에 의해 수행되었다는 것은 이 행사의 도시국가적의미를 짐작케 한다. 그 뒤를 이어 그 성격상 순

---

48) 전설에 따르면 디오니소스가 위험한 와인 선물을 들고 처음으로 아테네를 방문했을 때 거부되었고, 그래서 그가 아테네인들을 항구적으로 발기 상태에 있도록 저주를 내려 그들을 벌했다고 한다. 그래서 발기된 남근은 다산과 디오니소스 전통을 상징하는 이 축제의 중심 엠블렘이 되었다. Vgl. Wiles, Greek Theatre Performance, S.28. 남근 행렬의 문화 인류학적(제의적) 해석은 남근이 잠재적인 다산의 상징일 뿐 아니라 '생리적 필연성과 사회적으로 파괴적인 힘이라는 이중적인 의미를 갖는 남성적 섹슈엘리티의 노골적인 전시'라고 본다. 이런 측면에서 디오니소스제는 잠재적인 사회적 위험인자의 사회, 정치적 관리의 기능을 갖는다. 여기에 관해서는 Vgl. Möllendorf, Aristophanes, S.50.

수하게 시민적인 네 개의 제의가 이어졌다. 10 장군(strategen)이 공동으로 제물을 바친 뒤 공로가 있는 시민들에게 상이 주어진다. 공공 의전관이 참석해서 몇 가지 포고령을 발표하고 나서 아테네에 바친 봉사 덕분에 민회에서 황금관을 받은 시민과 후원자의 이름을 발표했다.49)

항해 시즌이 디오니소스제가 열리는 시기에 시작되었기 때문에 동맹국들은 그들의 공물을 축제 기간 동안 보낼 것을 요구받았고, 이것을 금고에서 가져와 관객들에게 전시했다. 이 힘의 과시는 아테네가 기원전 404년 제국을 상실한 후 중단되었다.50) 아테네 제국 시대 때 전쟁 전사자의 고아가 된 성년에 달한 아이들이 초대되어 무장을 한 채 1열에 앉았다.51) 그런 다음 판정관들이 추첨으로 선출되었고, 후보들의 등장 순서도 추첨으로 결정되었다. 의전관은 각각의 공연을 고지했다. 이런 식으로 아테네가 국내 및 대외 정치적 중심임을 공표하는 퍼포먼스가 상연된다고 할 수 있다면, 이어지는

---

49) 데모스테네스의 설명에 따르면 이것은 기부행위를 고무하기 위한 것이었을 뿐 아니라 기부자들에게 국가의 위대함을 보여주기 위해 기획되었다. Vgl. Demosthenes 〈On the Crown〉, CAD 118.

50) "그들은 사람들을 격렬한 증오심에 불타게 할 수 있는 수단을 정확히 발견했다. 그래서 그들은 들어오는 공공의 수입을 달란트로 나누어 디오니소스제가 열리는 동안 극장이 관객으로 가득 찼을 때 오케스트라로 운반하기로 결정했다. 그들은 그렇게 했고, 전쟁에서 죽은 사람들의 고아들을 데리고 와 동맹국들에게는 노예들이 운반해 온 그들의 부가 어느 정도인지를, 그리고 다른 그리스인들에게는 수많은 고아들과 이런 부에 대한 욕망 때문에 야기된 고통을 펼쳐보였다." Isocrates 〈On the Peace〉 (B.C. 356년). 이소크라테스는 여기서 B.C. 454-404년의 아테네인들의 생활에 대해서 말하고 있다. CAD 172.

51) "잠시 여러분이 법정이 아니라 극장에 있다고 가정해 봅시다. 의전관이 앞으로 나와 〈데모스테네스에게 영예의 화관이 수여 되노라〉라는 〈크테시폰의〉 포고가 막 떨어졌다고 상상해 보십시오. [……] 비극 공연이 벌어지기 전 오늘 같은 날, 도시가 더 훌륭한 사람들에 의해 다스려지는 이때, 고아들, 죽은 아버지의 갑옷을 입은 젊은 아들들을 데리고 나온 공공 의전관이 앞으로 나서 사람들이 전쟁에서 용감하게 싸우다 죽은 아버지를 잃은 이 젊은이들을 양육할 것이며, 이제 그들에게 무장(武裝)을 선사하면서 그들의 행운을 빌어주며, 명예석(prohedria)으로 초대한다고 가장 고상하고 심금을 울리는 포고를 할 때, 자유인들의 교육의 수혜를 입고 있는 어떤 그리스인, 어떤 이가 고통스러워하지 않겠습니까." Aeschines 〈Against Ktesiphon〉 CAD 153f.

음악적 경연대회(dithyrambos) 역시 분명 '자가선전'에 봉사했다. 동시에 아테네는 대내외적으로 내적인 단결과 유대를 과시했다.

디디립보스 경연은 디오니소스제의 정치적, 사회 안정적 효과를 가장 잘 반영하고 있다. 기원전 509 / 8년부터 이 축제의 첫 날 오후에 코러스 노래, 즉 디티람보스 경연이 거행되었다. 아티가의 10개 부족에서 각각 50인으로 구성된 하나의 성인 남자 코러스와 소년 코러스가 디오니소스를 기리는 합창곡을 상연했다. 부족 합창대들은 오로지 그리스의 순수시민들로만 구성되어 있었다. 대게 150-300 연 정도의 길이를 가지고 무용과 음악을 곁들여 30분 정도 공연되는 가요를 충분히 익히기 위해서 필요한 연습기간 동안 부족 주민들은 상호간에 접촉을 강화하거나 처음으로 접촉할 기회를 가졌다.

승리와 명예는 자기가 소속한 부족뿐만 아니라 폴리스 아테네에 대해서도 보다 밀접한 결속과 자부심에 찬 소속감을 갖게 만들었다. 민주적이고, 평등하고, 개인주의를 배제하는 디티람보스경연대회의 기본취지는 경연의 승리자가 한 개인, 작가가 아니라 부족전체였다는 사실을 통해 강조된다. 각 경연에서 승리한 코러스의 코레구스는 관과 삼각대(tripod)를 받았으며, 시인은 디오니소스에게 제물로 바칠 황소를 받은 것으로 추측된다. 양 자는 승리의 행진 혹은 코모스(komos)행진 속에 고향에 들어갔다.

코모스 행진을 묘사한 항아리 그림. 기원전 490년. Camp / Fischer, S.134.

부족 간의 디티람보스 경연이라는 독자적인 요소를 제외한다면 여기까지는 아테네의 디오니소스 축제는 더 장엄했지만 질적으로 도시 아티카 지역과 그리스의 다른 지역에서의 아르카익 시기의 디오니소스 축제와 형식에서 다르지 않았다. 디티람보스가 그리스 전역에 걸쳐 디오니소스 숭배의 공통요소였지만 "Parian Marble"의 기록은[52] 디티람보스가 아테네 민주주의의 가장 초기의 시기까지는 경연으로 조직되지 않았다는 것을 보여준다. 만약 경연이 크레이스테네스의 민주주의 개혁(약 503년경) 이후에 왔다면 경연의 부족 조직은 클레이테네스가 시도한 아테네 부족을 지역적 경제적 단위에서 순수 행정 단위로의 재조직을 공고히 하기 위해 도입되었다고 볼 수 있다.

다음 날(elaphebolion 11일) **희극경연**이 벌어졌다. 아테네의 디오니소스 축제의 독특성은 바로 이 연극경연에 있었다. 드라마 경연에 할애된 것은 축제의 마지막 3일 혹은 4일간이었다. 축제에서의 연극 경연이라는 혁신은 아테네에서 최초의 비극 경연이 언급된 것이 대략 기원전 534년이기 때문에 페이시스트라토스 시기라고 볼 수 있다. 기원전 486년까지는 희극 경연이 디오니소스 축제에 도입되지 않았다. 여기서는 다섯 명의 작가가 경쟁을 치렀다.[53]

나머지 3일은 비극3부작과 사티로스극의 경연에 배당되었다. 경연이 끝난 후에 판정관들이 평결을 내리고, 우승자를 발표한 뒤 상이 수여되었다. 승리한 비극 및 희극 작가에게는 담쟁이덩굴로 된 화관이 수여되었다. 우승자를 가리는 판정이 이루어졌고, 축제가 끝난 뒤, 엘라페볼리온 15일 혹은 16일에 극장에서 민회가 열렸다. 축제책임자들이 결산보고를 하고, 축제기간 동안 일어 난 위법행위들을 벌했다.[54]

---

52) Vgl. CAD 120. ('파리 대리석'은 264 / 3년에 편찬되고 새겨진 주요 정치 및 문학적 사건에 대한 연대기이다.)

53) 비용문제로 이 수는 펠로폰네소스 전쟁이 진행되는 동안 세 개로 줄었고, 남은 희극은 이어진 3일 간의 비극경연일의 오후로 배정되어 축제일 하루가 단축될 수 있었다는 주장이 있다. 이 문제는 아직 결론이 나지 않았다.

54) 특히 연극 경연의 순서와 경연에 투여된 날의 수를 둘러싸고 심각한 논쟁이 벌어

2. 레나이아제와 그 밖의 디오니소스 축제에서의 희극공연

휴농기의 시작과 함께 다산과 포도주의 신 디오니소스를 기리기 위한 예찬축제, 특히 도시디오니소스제와 레나이아제의 공연조건들은 희극의 가장 중요한 제도적 전제였다. 아테네에서 개별 시민을 하나의 집단으로 묶는 가장 강력한 수단은 전통적인 제의였다. 기원전 5세기와 4세기에 연극 공연의 유일한 장소는 이 봉신축제였고, 기원전 5세기에 희극은 비극과 함께 국가적 축제의 기본요소를 이루고 있었다.

아티카지역과 아테네에서 겨울 네 달 동안 각 하나의 디오니소스 축제를 포함하고 있었다. 사료에 따르면 농촌 지역의 디오니소스 축제는 모두 포세이돈 달, 그러니까 대략 12월에 열렸다. 다음 달 중순 늦은 정월에 해당하는 가멜리온 때 아테네의 레나이아 축제가 행해졌다. 한 달 뒤 안테스테리온 11일에서 13일까지 안테스테리아 축제가 열렸고, 정확히 한 달 뒤 아테네는 도시디오니소스제를 열었다. 아르카이크 시대 후기에는 이 축제들은 모두 연극 경연을 포함했다.

지고 있다. 최근까지 지배적인 시각은 위의 일정표대로 펠로폰네소스 전쟁 전후에 (431-404년) 다섯 희극이 엘라페볼리온 11일에 상연되었고, 그 뒤를 이어 3일 동안 세 편의 비극과 한 편의 사티로스극이 공연되었다는 것이다. 또 다른 가능성으로 제기되는 경연 순서와 날짜는 이 모든 경연이 5일 동안 열렸다고 가정하고 있다. 그러니까 첫 날은 소년 디티람보스와 희극, 둘째 날은 남성 디티람보스와 희극, 3일 째부터 5일 째까지 비극 4부작과 희극이 공연되었다고 본다. 현재 일반적으로 추정되는 도시디오니소스제의 일정표를 정리해보면 다음과 같다.

하루 전: 예비 경연
전야제: 인도
첫째 날: 퍼레이드 / 각 10편의 소년 디티람보스+성인 남성 디티람보스
둘째 날: 희극 5편
셋째 / 넷째 / 다섯째 날: 비극 3편+사티로스극
Vgl. Wiles, Greek Theatre Performance, S.31.

그리스 월력 엘라페볼리온(3/4월)에 시작된 대 디오니소스제 혹은 도시 디오니소스제에서는 비극보다 대략 50년 뒤인 기원전 487/6년 이래로 희극 공연이 국가적으로 제도화되었고[55], 가멜리온(1/2월)에 거행되는 레나이아 제에서는 기원전 약 440년 이후부터, 그러니까 기원전 약 430년 이후에야 경연 프로그램에 들어간 비극보다 오히려 더 이른 시기에 제도화되었다.

도시디오니소스제가 해상항해의 개방 이후 이미 수많은 외지인들이 아테 네로 몰려든 보다 규모가 크고 장대한 축제였다면 레나이아제는 보다 오래 되고 보다 편하고 친밀한 축제여서 여기에는 아테네 시민들만 참석했다. 희 극은 레나이아제에서 지배적인 위치를 차지했고, 비교적 늦은 시기에 국가 로부터 공인되기 이전에도 이미 사적으로 공연되고 있었다.[56]

레나이아제 연극 경연이 거행된 장소는 디오니소스 극장이 건축되기 전에 는 아테네 시장에 위치한 한 장소였고, 극장이 건축된 후에는 디오니소스 극장이었다.[57] 어쨌든 레나이아제의 연극공연은 국가가 코레구스와 작가를 위한 공식적 경연을 확립한 기원전 440년경에는 디오니소스 극장으로 이전 되었다. 플라톤은 〈향연〉에서 기원전 416년의 레나이아제에 3만 명의 관객 이 참석했다고 전하고 있지만 그것은 어느 정도 과장이었을 것이다.

---

55) 국가로부터 공인된 경연에서 최초로 우승을 차지한 사람은 기원전 486년의 키오니 데스였다. 아리스토텔레스의 시학에 따르면 키오니데스는 472년 최초의 우승을 차 지한 마그네스와 함께 처음으로 공인된 아테네 희극 작가였다.

56) 또 하나의 디오니소스 축제인 안테스테리아제는 2월에 열린 포도주 축제로 포도주 마시기 경연이 거행되었다. 레나이아제의 진행에 대해서 알려진 것은 이 축제의 조 직을 '아르콘 바실레우스'가 맡았고, 축제수레에서 조롱적인 언사를 내뱉는 퍼레이 드가 있었다는 사실이다. 이 기간동안 비극 공연에서는 사티로스극이 제외되어 있 었으며, 비극은 두 편, 희극은 5편이 공연되었고, 5세기 후반까지 계속되었다. 아테 네에서 거행된 디오니소스 봉신축제에 대한 문서 기록과 축제의 세부적인 내용에 대한 전반적인 평가는 Pickard-Cambridge, The Dramatic Festivals 참조.

57) "레나이온은 도시 안에 있으며, 큰 울타리가 쳐져 있는데, 그 안에 디오니소스 레 나이오스의 신전이 있다. 극장이 건설되기 전에 아테네인들의 경연은 그 안에서 열렸다." Hesychius, epi Lenaio agon. A.D. 5세기 기록으로 추정. "디오니 소스 성소에 극장이 지어지기 전에 시장에서 열리는 디오니소스제의 경연을 지켜 보곤 하는 사람들" Photius 〈Lex〉 ikria 편. A.D. 9세기에 기록. 두 인용문 모 두 CAD 133.

레나이아제 희극 승리자 목록의 처음의 대부분은 남아있고, 이것을 통해 레나이아제에서 희극 경연이 시작된 시기와 공식적인 연극 규칙이 시작된 시기를 확인할 수 있다. 이 목록은 희극 작가/연출가를 레나이아제에서 처음으로 승리한 순서대로 보여주고 있다. 각각의 이름 뒤에는 레나이아제에서 개개인의 희극작가 경력 기간 동안 거둔 전체 승리 횟수가 기록되어 있다. 레나이아제 경연의 시작 날짜를 알 수 있는 핵심은 아리스토파네스가 기원전 425년에 〈아카르나이 주민들〉로 레나이아제 우승을 차지했다는 사실이(고전주석학자들과 가설들로부터) 밝혀져 있는데, 이 목록에는 그의 이름이 들어있지 않다는 점이다.

아리스토파네스의 이름뿐만 아니라 그의 작품을 대리 공연한 연출가(dida-skalos)인 칼리스트라토스의 이름도 기록되지 않은 사실로 미루어 이곳에 등장하는 희극작가들은 모두 기원전 425년 이전에 우승을 한 것이다. 따라서 가장 이른 크세노필로스가 우승한 시기가 기원전 434년이라고 추측할 수 있다. 거기에 더해 나중의 사료를 통해 에우폴리스가 기원전 429년 혹은 427년 이전에는 희극작가경력을 시작하지 않았다는 것이 밝혀져 있다. 그 때문에 아리스토파네스의 기원전 425년 우승은 에우폴리스 바로 다음이나 명단이 중단된 곳 가까이에 등장하는 것임을 알 수 있다. 혹자는 크세노필로스의 첫 번째 우승 시기가 기원전 430년이라고 주장하는 사람도 있다.[58]

디오니소스 극장은 아테네에서 그 크기의 절반 혹은 4분의 1정도를 수용할 수 있는 유일한 집회장소였다. 플라톤은 여기서 "아테네 주민들"이 아니라 "그리스인들"이라고 부름으로써 예외적으로, 어쩌면 수사적으로 청중의 국제적 성격을 강조하기 하지만 도시디오니소스제와는 달리 레나이아제는 일반적으로 순수 아티카 지역에 국한된 행사였던 것으로 알려져 있다.

---

58) "희극 작가들의 레나이아제 우승

X]enophilos 1/Teleclides 5/Aristomenes 2/Cratinus 3/Pherecrates 2 Hermippus 2/Myrtilos 1/Eu]polis 3". IG(=Inscriptiones Graecae) II2 2325. 레나이아제에서의 희극작가 '승리자 목록'. CAD 134.

범 그리스적인 요소가 상대적으로 적었던 레나이아제의 성격은 도시디오니소스제와는 달리 재원 후원자가 비시민 계층에서도 맡을 수 있었고59), 코러스 참가자들 역시 제한이 가벼웠을 뿐 아니라 경쟁의 정도도 낮았다는 데서 나타난다.

〈디다스칼리아이〉60)는 비극 작가들은 단지 두 개의 비극만을 가지고 경

---

59) "외국인에게는 도시 코러스에서 춤추는 것이 허용되지 않았다 …… 하지만 거류 외국인들(metics)이 코레구스로까지 활동한 것은 레나이아제에서였다." (Aristophanes 〈Plutus〉 954에 대한 고전주석). CAD 135.

60) didaskalia(pl. diadaskaliai): 그리스어 "가르치는 것". 보통 아테네 연극 제작의 세부적인 사항을 기록한 목록을 기술하기 위해 사용된 용어였다. 특히 복수형 디다스칼리아이는 그렇게 기록된 현존하는 금석문에 사용된다.

디오니소스제와 레나이아제와 관련된 아테네의 금석문 유물로는 Fasti 와 Didaskaliai가 있다. 〈파스티〉는 아테네 아고라 근처에서 발견된 금석문으로 13개 컬럼의 텍스트가 있는 데 첫 대목은 소실되었다. 이 유물은 기원전 473-328년 기간 동안의 도시 디오니소스 제에 대한 단편적인 기록이다.

여기에 기록된 내용은,

1. 재임 중인 아르콘의 이름
2. 소년 디티람보스 경연에서 우승 부족의 이름과 코레구스의 이름
3. 남성 디티람보스 경연에서 우승부족의 이름과 코레구스의 이름
4. 희극에서 우승한 코레구스와 전문지도자(didaskalos)의 이름(전문지도자가 항상 작가인 것은 아니다).
5. 비극에서 코레구스와 연출가의 이름

또 다른 금석문 시리즈(IG II2 2319-23) 는 〈디다스칼리아이〉인데, 이 금석문 시리즈는 아크로폴리스 남쪽 기슭에 세워진 한 건물에서 나온 것이다. 3세기경에 새겨진 것으로 추측된다. 후세에 여러 사람이 비문을 덧붙여 새겼다. 이 비문이 기록하고 있는 350년 기간 동안 축제 프로그램에서 중요한 변화들이 있었다. 그 중 일부는 우리가 알지 못한다. 예를 들어 비극 3부작은 어느 시점에서는 드라마 한 편으로 대체되었고, 어느 해에는 축제 자체가 열리지 않았다. 이 목록은 순서는 확실치 않지만 다음과 같은 사항을 기록하고 있다.

1. (도시 디오니소스 축제에서 희극): 아르콘, 극의 이름 및 원래의 작가의 이름과 함께 '고' 희극의 우승 배우/연출가, 1등상을 받은 여러 작가와 작품의 이름 및 제1배우, 2등상 작가 및 작품과 배우, 3등상 등등 …… 5등까지, 최고 배우에 대한 상.
2. (레나이아제에서 희극): 도시 디오니소스 축제에서와 같이 아르콘, 등등.
3. (도시 디오니소스 축제에서 비극): 아르콘, 1등 작가, 작품, 배우, 2등 작가, 작품, 배우, 우승 배우.
4. (레나이아제에서 비극-헬레니즘 시대 기록만이 남아있다): 아르콘, 극 이름과 함께 사티로스극의 승리 작가, 작품 및 원래 작가 이름과 함께 '구' 비극의 우

쟁했다는 것을 보여준다. 하지만 몇 명의 비극 작가가 경연을 했는지는 불분명하다. 〈디다스칼리아이〉는 기원전 418년에는 두 명의 비극 작가가, 기원전 363년에는 세 명이었음을 보여주는데 어떤 것이 실제프로그램에 해당되는지 알 수가 없다. 아리스토파네스의 레나이아제에 대한 가설은 디오니소스제의 작품들과 마찬가지로 단지 세 개의 희극 작품만을 거론하고 있다. 희극 경쟁에 대한 유일한 다른 증거인 〈디다스칼리아이〉는 기원전 284년에 다섯 편의 희극이 제작되었다는 것을 보여준다. 펠로폰네소스 전쟁 동안을 제외하고 레나이아제에서는 규칙적으로 다섯 편의 희극이 공연되었다는 것이 일반적이다.

〈디다스칼리아이〉는 사티루스극이나 디티람보스에 대해서는 언급이 없으며, 일반적으로 이 장르들은 최소한 고전 시대에는 포함되지 않았다는 것이 정설이다. 하지만 기원전 3세기에 레나이아제에서 디티람보스가 열렸다는 금석문 증거가 있다. 반면 안테스테리아제에서의 연극 경연에 대한 증거는 빈약하다. 안테스테리아제에서는 연극 경연이 기원전 4세기 후반 이전에는 열리지 않았을 것으로 추측된다. 남아있는 약간의 증거는 연극 경연이 뤼쿠르구스(기원전 약 330년)시대나 아니면 그 이후에야 포함되었다고 추측하게 한다.61)

승 작가/연출가, 원래의 비극 우승 작가 및 두 개의 작품, 그 뒤로 각각 배우의 이름이 뒤따른다, 두 작품과 함께 3등 작가와 각각의 배우들, 우승 배우.

61) "〈Lycurgus〉는 또한 다음과 같은 법을 도입했다. (338-326년경) 하나는 와인단지의 축제에서(즉 안테스테리아제의 3일째) 극장에서 벌어지는 경연을 확정하는 희극 공연에 관한 것이고, 우승자는 도시디오니소스제에 참가할 경연자의 자격이 부여되었다. 그리하여 방치 상태에 빠진 경연을 복구했다." Pseudo-Plutarch 〈Ten Orators〉 841. CAD 138.

제5장 제작 및 상연

1. 경연제도

디오니소스 축제 공연의 핵심을 이룬 드라마의 공연은 아곤(agon)[62], 즉 경연의 형식을 가졌고, 10개의 부족에서 출전한 코러스들의 경연이었던 디티람보스 경연과 함께 부분적으로 페리클레스의 제도개혁에 기여할 수 있었다. 최소한 기원전 5세기와 4세기 동안에는 각각의 작가는 레나이아제나 도시디오니소스스제에 단 하나의 작품만을 출품했다.

비극에서와는 달리 희극은 두 개의 축제에서 각각 다섯 작품이 나란히 경쟁했다. 이것은 또한 희극경연에서는 다섯 명의 작가와 다섯 그룹의 코러스, 다섯 명의 후원자가 경쟁했다는 것을 의미한다.

경연 책임을 맡은 집정관은 작가에게 24명의 남자들로 구성된 코러스를 배정하고, 그 밖에 세 명의 배우를 배정하는데, 이들은 남녀 역할 모두를 교체해가며 담당해야 했다.

---

62) (pl. agones) 그리스어 "경쟁", "축제". 이 용어는 비극과 희극에서도 사용되는 데, 특히 구희극에서 대립된 견해가 충돌하는 극의 구조의 일부를 지칭하기 위해서도 사용되었다.

2. 작가와 제작 및 연습지휘

경우에 따라서 아주 사소한 역할을 위해 추가적인 인력, 추가적인 코러스 (parachoregema)가 있었고, 수 미상의 엑스트라가 있었다. 이것은 작가들이 대규모의 등장인물 수에도 불구하고 배우들의 의상과 가면교체를 위한 시간 및 새로운 등장위치를 잡을 수 있을 만큼의 충분한 시간을 갖도록 극을 만들어야 한다는 것을 의미한다.

희극은 일반적으로 등장인물이 많았고, 그 때문에 세 명의 배우만으로 작품을 제작하기에는 비극보다 더 불리했다.

희극작가는 동시에 코로디다칼로스(chorodidakalos), 즉 코러스를 지휘하는 '교사'였다. 이것은 그가 스스로 텍스트를 쓰고, 음악 및 코러스 훈련을 시켰다는 것을 의미한다.[63]

코러스는 각 부족 소속의 자원한 시민들로 구성되어 있었기 때문에 코러스의 노래와 무용을 연습시키는 것은 일반적으로 작가 자신이 합창지휘자이자 연출자를 떠맡아야 하는 어려운 과제였다.

구희극의 작가들은 아테네 시민이었다. 유일한 패러디 작가 헤게몬(Hegemon von Thaos)만이 예외였다. 중기 희극 시대에는 작가들 중에 다수의 비아네테인들이 있었다.[64] 희극작가 중에 귀족은 없었던 것으로 추정된다. 에우리피데스는 그의 천한 출신 때문에 조롱받았지만[65] 희극 작가의 경우에 비슷한 사례가 전해진 바 없는 것으로 보아 알려진 희극작가들 중에서 천한 계층 출신은 없었다.

작품을 팔아먹고 살 정도로 가난했던 작가가 한 사람 알려져 있긴 하지

---

63) Vgl. Ehrenberg, Aristophanes und das Volk von Athen, 28ff.
64) 비극작가들 중에는 이온(Ion von Chios), 아카이오스(Achaios von Eretria) 같은 몇 몇 외국인이 있었다.
65) 에우리피데스의 어머니는 야채장수였다 〈개구리〉 840행 참조.

만(플라토) 아이기나에 땅을 소유하고 있었고 많은 작품의 공연을 다른 사람에게 넘겨주고 그 대가로 승리보수를 받았던 아리스토파네스는 좋은 환경에서 살았던 것으로 추정된다. 일반적으로 인기 있는 작가들은 돈을 많이 벌었던 것으로 보인다. 확실하시는 않으나 시모니데스와 소포클레스까지도 작품을 통해 돈을 벌려고 노력했다고 전해진다. (〈평화〉 697행 이하 참조)

비극 혹은 희극 경연에 참여한 작가들은 국가에서 보수를 받았다. 얼마나 많이 받았는지는 알 수 없다. 분명한 건 경연에서 몇 등을 했느냐에 따라 액수가 달랐다는 사실이다.66)

대개 작가는 자신의 작품을 직접 제작하는 것이 관례였다. 여기에는 비극 작가에게서는 드물었지만 희극작가에게서는 예외가 많았다. 아리스토파네스의 〈잔치〉, 〈바빌로니아 주민들〉〈아카르나이 주민들〉〈뤼시스트라테〉는 칼리스트라토스가 제작을 맡았고, 〈벌〉과 〈개구리〉는 필로니데스가, 〈새〉는 이들 두 친구 중 한 사람이 맡았고, 마지막 두 작품은 관객들에게 추천하려는 욕심에서 아들인 아라로스에게 제작을 맡겼다. 에우폴리스의 〈아우톨리쿠스〉는 데모스트라토스가 제작했고, 4세기에는 아리스토파네스의 아들인 필립포스가 에우불루스(Eubulus)의 작품을 제작했다.

심지어 희극 작가인 플라토(Plato)의 경우처럼 비록 가난 때문이긴 했지만 자신의 작품(〈페이산드로스〉)을 다른 사람에게 팔아 그 사람이 공연을 하도록 하기도 했다. 〈벌〉은 필로니데스가 제작했지만 그가 아니라 원래의 작가인 아리스토파네스가 말한 다는 사실을 분명히 드러내는 구절을 포함하고 있다.

자신의 작품을 출품하기 위해 다른 사람을 고용하는 이유는 아리스토파네

---

66) 〈개구리〉 367행 참조. 가장 초기의 작가들은 자신의 코러스를 가르쳤고, 요구되는 춤을 고안했다. 프리니쿠스와 아이스퀼로스 두 사람은 모두 이런 기술로 유명했다. 기원전 4세기 중반 이후에는 전문적인 가수들 계급이 있었다. 아리스토텔레스는 비극과 희극 코러스가 같은 사람들로 구성되었다고 적고 있다. 하지만 일단 선택되면 훈련을 받아야 했다. 트레이너는 비극 코러스 트레이너로 이력을 쌓았던 산니오(Sannio)의 경우에 예외이긴 하지만 시민이어야 했다. Vgl. Pickard-Cambridge, Festivals, S.91f.

스의 경우에서 볼 수 있듯이 경력이 일천한 젊은 사람이 갖는 자연스러운 두려움에서 그랬을 수도 있고, 아니면 희곡을 쓰는 것과 공연을 제작하는 것이 다른 자질을 요구했기 때문일 수도 있다.

칼리스트라토스는 특별한 경험을 가지고 있었을 것이고, 좋은 작가는 종종 공연자들을 가르치는 고역으로부터, 그리고 자신의 작품 연습에 늘 참석해서 지켜보는 노고로부터 해방되는 것을 기쁘게 생각했을 것이다. 아리스토파네스 대신에 칼리스트라토스와 필로니데스가 연극 제작을 맡은 경우에서 보듯이 그 사실을 은폐하는 일은 없었다.67)

아테네 축제를 위해 하나의 희극을 제작하는 것은 짧은 시간 내에 작품을 완성하곤 하는 오늘날의 극작가의 창작활동처럼 예술가가 단일한 시간적 공간 속에서 그 자신의 연구를 통해 수행하는 단일한 창조 활동이 아니었다. 때로는 일년 내내 이 일에 매달리는 경우도 있을 수 있고, 작가 자신과는 별도로 많은 사람들의 노력이 관여하는 긴 과정이었다. 이들의 태도와 결정은 극작품의 형태를 완성해나가는 데 물질적으로 영향을 미쳤고, 원고는 연극 제작 진도가 많이 나갈 때까지도 여전히 완성 단계에 도달하지 못했을 가능성이 높다. 어쩌면 축제 공연 자체가 개최되기 수 주 혹은 수 일 전에야 비로소 완성되었을 수도 있다. 말하자면 준비하는 기간 내내, 즉 최초의 아이디어 상태에서 마지막 공연 단계에 이르기까지 아리스토파네스를 위시한 작가들은 제작 과정상의 새로운 단계마다 재료들을 잘라내고, 더하고, 수정해야 했을 것이다.

자신이 원하는 것과 상관없이 희극작가는 공연 성공에 결정적인 영향을 미치는 네 개의 서로 다른 성격의 파트너를 염두에 두어야 했다. 우선 작품이 선발 위원회를 통과해야 했다. 또 마음에 들 만한 기준을 충족시킴으로써 후원자의 마음을 끌어야 했다. 극은 단순히 기계적인 공연이상의 수준으로 배우를 끌어올려야 했다. 마지막으로 관객과 판정관들을 흥분시켜야 했

---

67) Vgl. Pickard-Cambridge, Festivals, S.85.

고, 그 때문에 연극의 종교적, 연극적(dramatic) 기능을 충족해야 했다.

이렇게 하나의 희극 작품을 제작할 때 고려해야 될 요소들은 작가 개인이 수용할 수 있는 전통적인 요소와 혁신적인 요소의 비율을 결정했을 것으로 추정된다. 예를 들어 이전에 공연된 작품과는 내용과 스타일에서 너무 많이 다른 극은 공직자들이나 연극 제작비용을 부담하는 사람의 마음을 끌기가 무척 어려웠을 것이다. 기존배우들에게 익숙한 것과는 완전히 다른 성격의 배우들을 요구하는 극 역시 반드시 어리석은 것은 아니라 해도 위험한 시도였을 것이다.

또한 관객들에게 난해하거나 논쟁적으로 받아들여지는 연극 역시 우승을 하기 어려웠거나 아니면 최초의 공연 후에는 금방 잊혀졌을 가능성이 있다. 그 때문에 경연대회에서 우승을 목표로 하는 한, 주제와 스타일에서 어느 정도 보수적인 기조를 유지해야 할 필요성이 있었다고 봐야 할 것이다. 하지만 역으로 스캔들을 일으켜 성공할 수 있는 가능성도 배제할 수 없다. 그 때문에 단편만이 전해지는 아리스토파네스의 희극 〈바빌로니아 주민들〉에서 유력한 정치가 클레온을 공격하고, 〈개구리〉에서 전통적인 연극 형식을 뒤집는 일종의 실험이 가능했을 것으로 생각할 수 있다.

일반적인 연극공연 조건에서 보았듯이 아테네 극작가들이 자신의 작품을 공연할 수 있는 주요 통로는 1월의 레나이아제와 3월 하순에서 4월 초순의 도시디오니소스제였다. 각 축제에서 배당된 희극 공연의 수는 각 작가 당 한 작품씩 모두 다섯 작품을 공연하는 것이 관행이었다. 하지만 아리스토파네스가 가장 왕성하게 작가활동을 한 시기 동안에는(도시디오니소스제에서는 기원전 423~414년, 레나이아제에서는 기원전 425~405년) 희극 공연 작품의 숫자가 세 개로 감소했다는 기록도 있기 때문에, 이 기록을 감안한다면 기원전 425년에서 424년 사이에는 최소한 희극 작가에게 모두 8번의 공연 기회가 주어졌고, 기원전 423년에서 414년 사이에는 6번, 기원전 414~405년에는 8번, 405년 이후에는 10번의 공연기회가 주어졌다. 그 이후 아리스토파네스가 살아 있을 때의 나머지 기간 동안 이 숫자가 더 줄어들었을 가능성도 배제할 수 없다.

어쨌든 대략 3~5만 정도로 추산되는 아테네의 자유민을 계산해보면 작가 당 매년 6개에서 10개의 새로운 희극이 생산되었다는 것은 지금의 기준으로 보면 무척 높은 비율이다.

코러스 배당은 동일한 극작가에게 한 해에 두 개의 코러스가 배당되는 것은 드물었다. 기원전 411년에 아리스토파네스가 두 작품을 공연한 것은 (〈뤼시스트라테〉〈테스모포리아 축제에 참가한 여인들〉), 그러니까 한 해에 두 개의 코러스를 배당받은 것은 이때가 유일하다.

이런 일반적인 과제에 희극작가에게는 정치적 주제를 다룬다는 특별한 상황이 부가되었다. 그는 늘 진행 중인 사건에 대해 관심을 가져야 했다. 그래서 자신의 작품을 공연 시점까지 보충하고 바꾸었다.

게다가 아리스토파네스와 클레온의 관계가 보여주듯이 당대의 정치적 사건을 적극적으로 수용하는 희극작가가 노출되어 있는 특별한 위험이 있었다. 클레온은 아리스토파네스가 동맹국 시민들과 다른 외국인들이 있는 데서 국가를 비방했다는 이유로 평의회에서 그를 인용했다. 거기에 대해 작가는 작품(〈기사들〉)속에서 클레온을 타락한 외국 노예로 무자비하게 패러디했다.

작중인물로 등장하지는 않지만 많은 저명인사들이 대화 중에 성적 무기력자 혹은 비겁자로 매도되었다. 일반 시민 대중을 향한 예리한 풍자는 별로 용인될 수 없었지만 민회에 의해 승인된 정부정책을 비판했다. 희극의 비판적 성격이 가장 두드러지게 나타난 것은 펠로폰네소스 전쟁 중이었다. 대중적인 인기를 모았던 아리스토파네스의 희극은 전쟁 중 임에도 불구하고 스파르타와 평화협정을 맺는다는 스토리를 갖고 있었다. (〈아카르나이 주민들〉)68)

하지만 이런 사건에서 드러나는 것은 희극에 대한 제한이나 작가의 위험보다는 오히려 희극이 누린 전대미문의 자유가 독특한 것이라는 점이다. 아

---

68) 클레온의 대응은 개별 시민 혹은 위원회의 위원이 예를 들어 국가이익을 해친 희극작가를 법정에 소환할 수 있었다는 것을 보여준다. 440년에는 페리클레스에 의해 사모스섬의 반란을 이유로 검열법이 제정되었고 3년 간 지속되었다.

테네 이외의 다른 어디에서도, 다른 어느 시대에도 모든 계층의 사람들이 공적으로 그리고 완전히 이름이 거명된 채 그런 자유로운 상태에서 공격받거나 조롱된 적이 없었다. 거기에는 아티카 특유의 관대함과 유머감각보다는 오히려 희극제작과 공연이 모든 주권을 지닌 시민들의 내부적인 일이었다는 사실이다. 그 때문에 구속되지 않는 발언의 자유가 지배했다.

시사적인 문제에 대한 발언, 풍자, 폴리스의 개인에 대한 비방은 모두 희극의 특권이었다. 희극은 정치와 삶, 사상과 견해, 전통과 혁신의 다양한 양상, 폴리스의 유토피아적인 이상향이 재현되고 논쟁되는 연단이 되었다. 관객은 박수를 보내고 야유를 보내고, 웃고, 극을 중단시킴으로써 거친 방식으로 이런 논쟁에 참여했다.69)

3. 경연작품 출시와 선정

축제에서 공연될 희극 작품이 어떻게 선택되었는지를 알 수 있는 실제 기준에 대해서는 믿을 만한 정보가 없다.70) 아리스토파네스가 자기 작품에

---

69) 관객의 기질과 습관이 극의 구성의 영향을 주는 보다 분명한 사례를 희극의 구조가 보여준다. 희극을 대하는 관객들의 자세와 비극을 대하는 자세가 분명히 달랐다는 사실을 아리스토파네스의 희극과 다른 비극의 시작부분의 비교를 통해 알 수 있다. 관객들의 적극적인 반응은 아테네가 그렇게 크지 않은 도시였고, 희극에서 다루어진 주제가 주로 전쟁과 관련된 당시의 시사적인 사건이나 정치인, 정책, 판결, 유명한 작가나 작품, 경쟁 희극작품들, 평범한 사람들의 우행, 역사나 신화, 당대의 사상적 유행이나 관습 등을 쉽게 담아낼 수 있었기 때문에 가능했다. Vgl. Arnott, Public and performance in the Greek theatre, S.5ff.

70) 다만 플라톤의 〈Laws〉의 한 부분은 각각의 작가들이 아르콘에게 자신의 작품의 견본을 낭독했다는 것을 암시해준다. 작가의 나이는 희극과 비극을 막론하고 제한이 없었다. 소포클레스는 스물여덟 살 때 처음으로 비극을 출품했고, 에우리피데스는 26세, 아리스토파네스가 자신의 이름으로 공연한 것은 약 20세 때였고, ((기

서 자신의 희극과 라이벌 작가들에 대해 언급하는 촌평들은 어느 정도 주관적이라고 본다면, 당시의 관객들은 일방적으로 한 희극 작가를 선호하거나 하지는 않았던 것으로 보인다.

기록에 따르면 아리스토파네스가 조롱했던 라이벌 작가들도 종종 경연에서 그를 이겼다. 이것이 라이벌 작가들의 희극이 더 뛰어났기 때문인지 아니면 다른 요소들, 예를 들어 기원전 423년에 아리스토파네스를 패배시킨 나이든 크라티노스에 대한 동정심 같은 부차적인 요소들 때문인지는 정확히 알 수 없다.

전해지는 당시의 희극 작가 목록과 공연 작품 선정의 빈도수를 보면 대부분의 작가들은 여가시간에 작품을 쓰는 작가들이었고, 평생 한 두 작품만을 쓰는 데 그치고 있다. 반면에 예를 들어 21번이나 이름이 등장하는 크라티노스 같이 자주 언급되는 소수의 작가군도 있었다. 이런 정규적인, '직업적' 작가들로는 아리스토파네스를 포함해 대략 6명 정도의 희극작가가 있었던 것으로 추정된다. 만약 그렇다면 이들 소수의 전문적 작가들의 이름은 축제 작품 선정관들에게는 특히 중요시되었을 것으로 예상할 수 있다.

이런 기준으로 보면 평생 40내지 50개의 희극을 쓴 아리스토파네스는 전형적인 전문작가였다. 이런 '전문가들'은 서로 간에 잘 알았을 것이다. 또 아리스토파네스는 그와 거의 동시대 사람인 에우폴리스와 불화 끝에 〈기사〉를 준비하는 동안 협력관계를 끊긴 했지만 같이 작업을 했다는 것도 알려져 있다.71)

이렇게 아리스토파네스가 긴밀하게 연결되어 있는 전문가 집단에 속해 있었고, 이들은 축제에 공연할 희극의 기준을 창조했으며, 그 때문에 그들 모두가 무엇을 지켜야 하며, 어떤 부분에서 상호간에 경쟁을 해야 할지도 잘

사)) 그 전에 이미 세 개의 작품을 칼리스트라토스의 이름으로 출품했다. Vgl. Pickard-Cambridge, Festivals, S.84f.

71) Vgl. Solomos, The Living Aristophanes, Chapter 6. 잘 알려진 것처럼 플라톤의 〈향연〉은 아리스토파네스가 그가 작품 속에서 조롱의 대상으로 삼았던 최소한 두 명의 실제인물, 소크라테스 및 아가톤과 친한 사이였다는 걸 보여준다.

알고 있었다고 충분히 생각할 수 있다.

희극작가가 출시할 작품을 선정하는 데에는 축제의 성격과 물리적 환경도 고려되었을 것이다. 두 개의 주요 축제인 레나이아제와 도시디오니소스제는 스타일이 뚜렷하게 달랐다. 레나이아제는 성월이라 항해가 어려웠기 때문에 아테네 내부 행사였고 비교적 중간 정도의 규모로 치러졌다. 반대로 도시디오니소스제는 매년 동맹국들에서 오는 공물이 도착하는 시기와 연계되어 있었고, 수많은 비 아테네인들이 참가하는 대 규모의 정식 축제였다.

비극과 희극의 균형은 양 축제에서 상이했다. 레나이아제에서는 두 명의 비극작가가 각각 두 편의 비극을 올렸고, 도시디오니소스제에서는 세 명의 비극작가가 각각 네 개의 작품을 올렸다. 이렇게 보면 레나이아제에서 비극 대 희극의 비율은 4 : 3 혹은 4 : 5였고, 도시 축제에서는 12 : 3 내지 12 : 5까지 벌어진다. 차가운 기후 때문에 레나이아제에서 각 드라마의 공연시간이 단축되었을 가능성도 있다.

만일 이런 요인이 극작에 영향을 미쳤다면 아리스토파네스는 이 요인들을 고려해 도시디오니소스제에는 짜임새나 플롯의 복잡함을 줄이는 쪽으로 극을 구성하고, 레나이아제는 보다 정교한 플롯 구성을 생각했을 가능성이 있다. 또 주제에 있어서도 각각의 축제의 성격과 관객 구성에 맞추어 레나이아제에서는 지역 정치, 특히 아테네에 영향을 미치는 주제에 집중하고, 좀 더 자유로운 분위기에서 도시의 정치적 문제를 다루는 쪽으로 생각했을 것이다. 반면에 도시디오니소스제에서 정치는 보다 일반적이고, 보다 광범위한 사안이 호응을 더 많이 얻을 수 있는 가능성이 있다.72)

---

72) 이런 균형은 아리스토파네스가 자신의 작품을 공연한 조건들에 대해 따로 언급하지 않았기 때문에 가설이기는 하지만 아리스토파네스가 양 축제에서 공연한 작품들을 보면 확실해진다. 레나이아제에 공연한 〈아카르나이 주민들〉과 〈기사〉〈말벌〉과 〈개구리〉는(대개 모호한 형태로)지역 문제에 집중하고 있는 반면 〈구름〉과 〈평화〉〈새〉의 주제와 색깔은 크고 일반적이며 보다 단순해 도시디오니소스제의 여러 국적과 계층, 신분이 뒤섞인 관객에게 훨씬 더 적합하다. 〈아카르나이 주민들〉이나 〈기사〉같은 레나이아제 극에서의 사사로운 스타일의 유머는 디오니소스제의 〈구름〉의 쉽게 비교 가능한 광범위한 주제 혹은 〈평화〉의 전 그리스적 메시지와 뚜렷하

또 연극 제작비용 역시 양 축제가 달랐을 것이고, 이것 역시 작품 스타일에 영향을 미쳤을 것으로 예상할 수 있다. 도시디오니소스제에서는 좀더 화려한 의상과 음악, 춤이 관객에게 어필한 반면, 보다 소박한 레나이아제에서는 대사와 말, 텍스트 자체가 더 중요했다고 생각할 수 있다.

축제 공연에 경연 작품으로 뽑히기 위해 아리스토파네스를 포함해 극작가들은 도시 아르콘 중 한 사람에게 신청을 했다. 이미 언급한 대로 레나이아제에서는 아르콘 바실레우스였고, 도시디오니소스제에서는 보다 중요한 아르콘 에포니모스였다. 아르콘 에포니모스의 임무는 종교적 의식과 군사적 문제를 제외한 도시 생활의 모든 측면의 일반적 행정을 담당했다. 임기는 일 년이었고, 이 아르콘의 이름을 따 그 해의 이름을 표기할 정도로 중요한 임무를 맡은 집정관이었다. 아르콘 바실레우스는 마찬가지로 임기동안 모든 공적인 종교적 의식을 전적으로 관장했다.

이렇게 바쁜 공직자들이 경연작품 선정을 직접 관장하기는 어려웠을 것이기 때문에 따로 실무를 책임지는 하위 집행관들의 존재를 생각해 볼 수 있다. 하지만 그 중 누가 이 일을 맡았는지는 고사하고 맡은 사람이 실제 이 분야의 전문가인지도 알 수 없다. 다만 누군가 경연작 선정을 맡은 실무자는 일반적인 관행이나 이를 테면 전년도 우승 작과 기타 참가작, 연극 분야에서 현재의 경향과 대중들의 인식, 공연 전문가 단체의 실정이나 관행, 극작품을 제출한 다양한 작가들의 신분, 이력 등을 판단 기준으로 삼았을 것이라는 점은 쉽게 짐작할 수 있다.

게 대조를 이룬다. 소크라테스의 학생들과 트리가이오스의 딱정벌레는 심지어 그리스어를 모르는 관객도 이해할 수 있는 무대 아이디어다. 반대로 〈아카르나이 주민들〉에서 에우리피데스의 장면, 〈기사〉의 정치적 배경, 〈말벌〉과 〈개구리〉에서 논쟁들은 관객들이 극에 보다 집중해야 하고, 보다 지역적인 배경지식을 요구하고 있다. 하지만 411년에 공연된 쉽게 이해 가능한 범 그리스적 메시지를 담고 있는 〈뤼시스트라테〉는 도시디오니소스제에 더 적합해 보이지만 레나이아제에서 공연되었고, 〈테스모포리아 축제에 참가한 여인들〉은 순수한 지역적 문제를 다루며, 레나이아제에 더 걸 맞는 사적인 농담과 특수한 유머로 가득차 있지만 공연은 도시 축제에서 이루어졌다.

이 아르콘의 임기는 한 여름에 시작된다. 이것은 다음 해 봄에 공연될 연극 축제가 그의 임기 후반에 벌어진다는 것을 의미한다. 그 때문에 선출직인 아르콘 직에 재선될 기회를 갖는다든지 하는 중대한 정치적 중요성을 가지고 있었고, 작가를 선택하는 것은 단지 예술적인 문제만은 아니었다. 염두에 둔 경연자들의 이름은 아르콘이 처음으로 직책을 수행할 때 이미 알려져 있었을 공산이 크다. 그리고 경연 작품의 최종 선택 및 코레구스, 즉 후원자의 결정과 재정 혹은 다른 준비에 관한 것은 이 아르콘이 임기 중 처음으로 내리는 공적인 결정 가운데 하나였다. 그 때문에 아리스토파네스를 포함해 드라마 작가는 최소한 공연 6개월 전에는 자기 작품의 간단한 개요를 가지고 있을 필요가 있었을 것이다. 그는 이것을 가능한 한 빠른 시기에 제출해야 했다. 이것은 집행관들에게 샘플 장면을 읽어주는 것이었을 것이다.

〈평화〉를 예로 들자면 기원전 422년 늦은 여름 어느 땐가 아리스토파네스는 422 / 421년에 일을 할 아르콘 에포니모스에게 421년의 도시디오니소스제에 사용할 코러스를 희망한다고 알린다. 그는 극의 일반적인 주제와 생성 중인 아이디어, 즉 한 인간이 신을 찾아 하늘로 가는 여행을 설명한다. 하늘에서의 중심 장면 중 일부가 이 단계에서 준비되어 있었을 것이다. 하지만 아리스토파네스가 극을 종결짓는 마지막 장면이나 오프닝 부분 같은 전통적인 스타일로 이루어진 별로 흥미를 끌지 않는 부분을 읽으면서 집정관의 시간을 빼앗지는 않았을 것이다. 또 여기서 그는 집정관들에게 후원자를 추천할 때 고려해야 될 몇 가지 별도비용이 필요하다는 걸 알려주었을 것이다.

실무자들은 이런 것을 염두에 두고 축제에 참가할 작품을 선택한다. 작품 선택은 정치적으로 민감한 일이었을 것이다. 예를 들어 〈평화〉의 개요를 받아본 실무자들은 그들의 임기동안 비준된 평화(＝‘니키아스 평화’)를 떠올리고 관심을 가졌을 수 있다. 또 당대의 유명 정치가를 풍자하고 있는 〈기사〉 같은 작품들은 실무자들 사이에서 논쟁을 불러일으켰을 것이라는 것도 예상할 수 있다. 이들이 기성 작가들이 제출한 작품을 신인들이 제출한 작품 보다 더 우선권을 주었다는 것도 추측할 수 있다. 이것이 신참 극작가들이 종종 다른 사람의 이름으로 자신의 극작품을 제출한 한 가지 이유였을 것이다. 앞서 본 대로 아리스토파네스는 초기에는 칼리스트라토스의 이름으로 작품을 제작했고, 그의 마지막 두 작품을 그의 아들 아라로스의 이름으로 제출한 것은 아들에게 성공적인 작가 데뷔무대를 마련해 주려는 의도였다.

4. 제작 후원제도

일단 형식상으로 경연작품으로 선정이 되면 아르콘은 재정 후원자를 지정해 주었다. 연극공연을 위한 제작비용은 아르콘이 지정한 코레구스 – 그리고 일부 경우에 거류외국인 – 에게 부과되었다. 코러스에 필요한 장비 일체를 대는 것, 즉 코레기아(choregia)는 부유한 시민들의 공적 의무였다. 경연에서 작가의 성공에 막대한 영향을 끼치는 재정후원자의 지정은 관직에 막 들어선 아르콘 에포니모스의 첫 번째 임무 중 하나였다. 당시 코레구스의 지정에 관해서는 다음과 같은 기록이 전하고 있다.

"그가 에포니무스 직을 맡자마자 아르콘은 첫 번째로 모든 사람은 그의 임기 시작시점에 자신이 소유한 모든 재산을 그의 임기가 끝날 때까지 유지해야 한다고 선언한다. 다음으로 그는 비극에 아테네에서 가장 부유한 세 명의 *코레구스*들을 지정한다. 전 시대에는 아르콘이 희극을 위해 다섯 명의 코레고이를 지정했지만 이제는 부족이 그들을 지정한다. 그래서 그는 디오니소스제의 남성 및 소년 디티람보스와 희극 그리고 타르겔리아제의 남성 및 소년 디티람보스를 후원할 *코레구스*들을 부족의 추천으로 받는다. 디오니소스제에서 코레구스들은 각각의 부족에 한 사람씩 지정되었다. 하지만 타르겔리아제에서 두 부족 당 한 사람씩 지정되었다. 다시 말해 두 부족이 번갈아 가면서 코레구스를 맡았다는 말이다. 아르콘은 재산의 교환 (*antidosis*)을 감시하고, 후보자가 과거에 이 공공봉사를 수행했다고 이의를 제기하는 경우에는 면제를 시킨다. 그가 수행한 다른 공공봉사에 따른 면제기간이 아직 기한이 다 지나지 않았거나 법에 소년 코로스를 후원하는 코레구스들은 40세 이상이어야 된다고 되어 있기 때문에 아직 나이가 되지 않은 경우에 면제된다."73)

당시 한 연극 제작의 성공과 실패는 작가뿐 아니라 이 재정 후원자에게 달려 있었다 해도 과언이 아니다. 도시디오니소스제에 공연된 〈새〉같은 대작은 일부 후원자들이 보통 내놓은 평범한 코러스 단원들과 빌린 의상으로는 적절한 효과를 만드는 것은 어려웠다. 작가에게 할당된 후원자가 부유할 뿐 아니라 그와 뜻이 잘 맞는 것도 중요한 사항이었다.

별도의 리허설 비용을 필요로 하는 〈평화〉에서 기중기나 〈뤼시스트라테〉에서의 쌍 코러스 같이 엑스트라로 들어가는 특별한 무대 효과를 사용할 것인지 아니면 포기할 것인지를 결정하는 데는 이 재정후원자의 의중과 호의가 결정적이었을 것이라고 예상할 수 있다.

의상과 무대그림 그리고 특수 효과를 제공할 뿐 아니라 코러스의 질과 필요한 리허설의 수, 악사들의 제공과 엑스트라의 동원, 아리스토파네스의 연극에 많이 등장하는 대사가 없는 등장인물 같은 문제도 후원자의 최종 결정사항이었을 것으로 생각할 수 있다.

현재 전해지는 많은 작품에 특수 효과의 사용이 불가피한 것을 보면 당시 재정 후원자들이 아리스토파네스의 작품 제작에 호의를 가지고 후원했다고 추정할 수 있다. 이런 등장인물들이 풍부하다는 것은 아리스토파네스와 그의 후원자 간의 관계가 좋았다는 것을 보여주고 있다.

코레구스의 원칙적인 책임은 비극과 희극 혹은 디티람보스 코러스 훈련과 장비 일체를 위한 비용을 부담하는 것이었다. 거기에 더해 엄청난 조직을

---

73) Aristotle 〈Constitution of the Athenians〉 56. 3. (330년 경 기록) CAD 143f. 코레고이의 부족 선정이 해당 해의 데모스테네스의 연설에서 언급되고 있기 때문에 기원전 348 / 7년에 이미 희극 코레고이 선정 책임이 부족 조직으로 이전되었다는 것을 알 수 있다. Vgl. Pickard-Cambridge, Festivals, S.87.

꾸려야 할 의무 역시 포함하고 있었다. 작가와 파이프주자에 대한 아르콘의 목록으로부터 이차적인 선택, 코러스 멤버들의 일차적인 선택, 만일 코러스가 작가 자신에 의해 지휘되지 않을 때 코러스 지휘자의 고용 등이 이 직무에 속했다. 재정적인 부담은 조직에 있어서의 부담을 훨씬 뛰어넘는 것이었다.

코레구스는 우선, 코러스가 노래와 춤을 연습할 수 있는 공간을 마련했다. 코러스는 오직 아마추어로 구성되어 있었기 때문에 이것을 위해서 집중적인 연습이 요구되었다. 또 연습기간 동안 코러스 단원 및 배우들을 자기 집에 하숙시키고 숙박시켰다. 비극 삼부작의 코러스는 15명의 단원으로, 희극은 24명으로 이루어져 있었다. 합창지휘자와 의상, 가면과 소도구 및 특별히 생기는 비용(추가코러스, 추가 배우들)을 모두 부담했고, 그 밖에 참가자 전원을 위한 마지막 식사비용을 지불했다. 승리를 거두었을 때는 디오니소스 제단에 올릴 제물의 비용을 부담해야 했다. 그러니까 모든 드라마가 아테네에서는 단 한 번만 공연되었다는 것을74) 생각하면 개별적인 부유한 시민들에 부과된 요구는 엄청난 것이었다.75)

국가는 공공봉사를 수행하기 위해 선택된 사람들에게 엄격한 의무를 부과했다. 최후의 수단으로 뜻을 따르지 않으려는 후보에게는 아르콘이 공공봉사를 수행할 자격이 더 많다고 생각한 한 후보의 이름을 제안함으로써 안티도시스(antidosis)76)라 불리는 절차를 실시했다. 이때 공공봉사의 수행을

---

74) 물론 민회의 결정을 통해 특정한 작품을 위해 재 공연권을 부여하기도 했다. 아리스토파네스의 〈개구리〉라는 작품이 이런 영예를 얻었지만 그것은 미학적인 이유에서라기보다는 작품 속에 들어있는 애국주의적 톤 때문이었다. 이렇게 한 것은 디오니소스 신에게는 오직 '최초의 수확물'만을 바쳐야 한다는 이유 때문이었다. 예외의 경우에 작품들은 고대그리스 월력으로 포세이돈(12 / 1월)에 지역구에서 거행된 농촌 디오니소스제에서 재 공연되었다.

75) 중기희극작가인 안티파네스(Antipanes 385년에서 335년까지 활동)의 〈군인〉의 한 대목에는 코레구스의 부담을 다음과 같이 묘사하고 있다. "사람으로 태어난 사람은 누구나 재산이 살아있는 동안 안전하고 더 나빠질 수 없다고 생각한다. 〔하지만〕 약간의 세금이 모든 것을 앗아가 버리거나 아니면 소송을 당하여 모든 걸 뺏긴다. 아니면 장군이 되거나 코레구스로 선발되어 코러스에게 황금 의상을 대 준 뒤에는 빚더미에 앉거나 예배 유지책임자를 맡는 동안 목매어 자살한다." CAD 148.

76) "antidosis: 누군가 공공봉사를 수행하도록 지정된 사람 중에 다른 사람이 그 보

받아들일 것인지 아니면 원래의 피지정인에게 자신의 재산을 대신 제공할 것인지는 새 후보의 의중에 달려 있었다. 후자의 경우 원래의 후보는 대신해서 받은 재산으로 공공봉사를 수행했다.

다양한 공공봉사의 비용에 대한 증거를 보면 아테네 사회에서 연극 축제의 엄청난 중요성을 볼 수 있다. 이름을 알 수 없는 뇌물공여죄로 기소된 피고의 변호문 기록에 보면 그 자신 디오니소스제에서 코레구스로서 세 번이나 봉사했고, 비극에는 3천 드라크마를 썼으며, 희극 한 편에는 천6백 드라크마, 남자성인 디티람보스에는 5천 드라크마를 지불했다고 주장한다.

"배심원 여러분 나를 기소한 자들에게 대해서는 충분히 언급되었습니다. 나는 여러분이 그 나머지를 배움으로써 여러분이 판결을 내리는 사람이 어떤 사람인지 알게 되는 것이 옳다고 생각합니다. 나는 테오폼포스 아르콘 재임기간에(411 / 410년) 시민의 자격을 갖추었고(즉 19세의 성년에 달했다는 말), (도시디오니소스제에서) 비극 *코레구스*로 지정되었습니다. 나는 30므나스(3,000 드라크마스)를 지불했고, 두 달 후 2,000 드라크마를 들여 타르젤리아제에서 벌어진 남성 디티람보스의 *코레구스*로서 일등상을 수상했습니다. 글라우키포스 아르콘 재임기간(410 / 9년)에 나는 범아테네 축제 거행에 800드라크마를 썼습니다. 같은 해 다시 한 번 남성 디티람보스의 코레구스를 맡아 디오니소스제에서 일등상을 수상했고, 삼각대를 전시하기위한 기념물 건립을 포함해 5,000드라크마를 지불했습니다. 아르콘 디오클레스 기간(409 / 8년)에도 역시 좀 더 작은 범아테네 축제의 원형 코러스(즉 디티람보스)에 300드라크마를 들였습니다. 한 동안 나는 7년 간 트리어아르크(즉 예배를 유지하는 책임자)였고, 6탈렌트(36,000드라크마스)를 조달했습니다. 비록 내가 그런 비용을 부담하고, 여러분을 위해 매일 나의 삶을 위험에 빠뜨리고, 집에 들어가지도 못하는 것을 견디었지만 그럼에도 불구하고 나는 특별 재산세와 한 행사를 위해 30므나스(3000 드라크마스)를, 다른 또 다른 행사에는 4,000드라크

___

다 더 부자라고 이의를 제기하고, 다른 사람이 공공봉사를 수행하도록 권유하는 것, 혹은 그 자신의 재산을 주거나 다른 사람의 재산을 받아서 책임을 이행하는 것." Lexicon Rhetoricum Cantabrigiense(in: Lexica Graeca Minora S.69.) CAD 145.

마를 내놓았습니다. 〔……〕그 후 나는 소년 코러스의 코레구스가 되었고, 15 므나스(1.500 드라크마) 이상을 사용했습니다. 에우클레이데스 아르콘 재임 중에는(403/2년) 케피소도로스(402년 디오니소스제에서 우승한 희극 작가. 이와 별개로 '승리자 목록'에서 확인된다)를 위한 코레구스로서 희극에서 일등 상을 수상했고, 가면 봉헌을 포함해 16므나스(1.600 드라크마)를 썼습니다. 〔……〕 15므나스(1.500드라크마)를 들여 수니온에서 열린 보트 레이스에서 일등을 차지했습니다. 이것은 신성 사절단과 아레포리아 축제 및 내가 20므나스(3.000드라크마) 이상을 들인 다른 그와 같은 일들은 뺀 것입니다. 만일 내가 이런 공공봉사를 법조문에 요구된 기준으로만 부담하고자 했다면 지금까지 열거한 그런 것에 내가 들인 비용의 4분의 1도 쓰지 않았을 것입니다."77)

희극 코레기아는 비극 코레기아에 비해 비용이 더 적었는데 그 이유는 희극 연습이 코러스 숫자가 더 많았음에도 불구하고 단 하나의 공연만을 포함하고 있었기 때문이다. 하지만 한 편의 희극연습에 들어가는 비용이 한 편의 비극보다 더 많았다.

여기서는 또 디티람보스의 비용이 더 많이 들었다는 것을 증언하고 있는데, 그 이유는 코러스의 수가 더 많았을 뿐 아니라 어쩌면 부족 대결에 수반된 것으로 보이는 치열한 경쟁에 그 원인이 있었던 것으로 보인다. 기껏해야 한 시간 30분간의 공공 오락인 디티람보스의 비용이 일 년 내내 예배를 치루는 데 드는 비용에 버금간다는 것은 당시 축제문화의 공공적 의미를 알 수 있게 한다.

이것을 토대로 계산해보면 3일 간의 오락비용으로 아테네의 시민 코레구스들은 공연준비를 위해 대략 114,000 드라크마를 분담한 셈이고, 거기에 국가가 부담한 36.000 드라크마가 더해진다. 이것은 아테네인들이 전쟁 및 생존을 위해 싸우는 중에 단 하나의 연극 축제에 한 해 해군 유지비용의

---

77) Lysias 〈Defense Against a Charge of Bribery〉 (403/2년 혹은 그 후의 기록) 이 연설은 뇌물을 받은 죄로 기소된 익명의 피고가 자신을 변호하는 연설의 첫부 분이다. 변호인의 공공봉사 이력은 10년 이상에 걸쳐 63.300 드라크마에 달하고 있어, 집중도와 비용을 볼 때 독특한 사례다. CAD 147.

10분의 1에 달하는 돈을 썼다는 것을 말해준다.78) 아테네인들이 "〈박코스의 여신도들〉〈페니키아의 여인들〉〈오이디푸스〉와 메데아 혹은 엘렉트라의 불행을 공연하는데 제국을 유지하고 페르시아인들에 맞서 자유를 지키기 위해 싸우는 데 드는 비용보다 더 많은 돈을 지불했다"79)는 플루타크의 주장은 비록 과장된 것이긴 하지만 크게 과장된 것은 아니다.

승리를 거둔 디티람보스 코레구스는 삼각대를 상으로 받았는데, 이것은 대개 코레구스들의 비용에 적지 않은 양을 더했던 값비싼 기념물 위에 받쳐져 디오니소스 성소 안 혹은 가까이에 봉헌되었다.

승리를 거둔 비극 코레구스는 디오니소스에게 봉헌할 염소 한 마리를 상으로 받았다는 기록이 있고, 희극 코레구스에게는 돼지 한 양동이와 포도주를 가득 담은 가죽 자루를 받았다고 전해진다.80)

디티람보스 재정후원과 반대로 연극 승리자에 관련된 금석문은 상대적으로 드물다. 이것은 아마도 연극 코레구스들이 이런 종류의 봉헌을 하는 일이 드물었던 데 이유가 있는 듯싶다. 문헌 증거들에 따르면 오히려 가면과 의상을 봉헌하거나 아니면 무대 배경 그림판인 피나케스를 봉헌했다.81)

비록 재정후원 제도가 기원전 502 / 1년경의 디오니소스제의 민주주의적

---

78) 도시디오니소스제 때의 경연을 위한 총비용은 대략 15만 드라크마 은화에 달했다. 그 중에서 3만 6천 드라크마 은화는 공공재정에서 부담했다. 사적으로 부담되는 11만 4천 드라크마는 대략 노동자 100가구 정도가 약 3년 간 생활 할 수 있는 돈이었다. 한 희극의 연습과 공연에 필요한 재정은 한 노동자 가족의 4년 간 생활 비 이상에 달했던 것 같다. 비용을 분담하는 소위 '조인트 벤처 코레기에'는 재정적으로 어려울 때만 허용되었다. 그래서 '분담코레기에 Synchoregie'는 펠로폰네소스 전쟁 말경에 한 해에 단 한 번 있었던 것으로 기록되어 있다. Vgl. Möllendorf, S.53.

79) Plutarch 〈On the Glory of Athens〉. CAD 148f.

80) "아테네에서 이타리온 사람들이 처음으로 만들었고, 수사리온 사람들이 발명한 희극 코로스가 확립된 때부터 일등상은 말린 돼지 양동이와 40리터 와인으로 확정되었다 …… 도시에서 드라마를 공연한 작가 테스피스가 처음으로 연기했을 때부터 염소가 상으로 확립되었다 ……" (Parian Marble. Fragmente der griechischen Historiker 239.) CAD 120.

81) Lysias 〈Defense Against a Charge of Bribery〉, Plutarch 〈Themistocles〉, Aristotle 〈Politics〉 CAD 146-152.

기원전 336년 경연에서 **후원자**(코레구스)를 맡아 우승한 리시크라테스가 자신이 받은 청동 **삼각대**(tripod)를 전시하기 위해 세운 **기념비**. Camp / Fischer, S.137.

재편 시대로 환원된다 해도 이것은 특권과 선의를 위해 지역 유력자들이 떠맡은 전통적인 마을 봉헌과 축제 숭배에 대한 비용부담을 단지 공식화한 것에 지나지 않는다.

자의적 관대함에서 의무적인 봉사로 성격이 바뀌게 되었지만 재정후원자가 국가에서 누릴 수 있는 잠재적인 수혜 가능성은 줄어들지 않았다. 그들은 이 소크라테스의 말을 빌자면, "하나의 부담이었지만 그것을 맡은 사람들에게 특정한 영예를 제공하는 것이었다."[82] 그래서 자원해서 이 일을 맡는 경우가 빈번했고, 심지어 강요에 의해 떠맡은 사람조차 법적 최소비용 이상의 비용을 지불했던 것으로 전해진다.[83]

아테네 민주제는 이 공공봉사 제도를 통하여 빈부간의 갈등을 다소 완화시켰다. 지도적 인사들 뿐 아니라 부유한 시민들은 전함의 건조나 코레기에 등을 지원함으로써 도시국가의 공공행사를 적극 지원했고, 그 대가로 일반 대중들은 감사의 정(charis)을 표하고 기념물을 세움으로써 이들의 공덕을 기렸다.[84] 그 때문에 펠로폰네소스 전쟁 시기 정치가였던 알키비

---

82) CAD 144.

83) 코레구스의 신분에 대해서는 다음과 같은 기록이 있다. "외국인에게는 도시 코로스에서 춤추는 것이 허용되지 않았다 …… 하지만 거류 외국인들이 코레고이로까지 활동한 것은 레나이아제에서였다." Aristophanes 〈Plutus〉 954에 대한 고전주석. CAD 135.

84) "케피시아 지역구 출신의 아이티오스의 아들로 최고 집정관인 오네시포스가 이 기념물을 세우다. 이 코레구스들은 오네시포스가 통치 아르콘으로 재임하던 시기에 우승을 했다. 희극 코레구스는 동전 상인인 소시크라테스였고, 작가(didaskalos)

아데스의 경우에서 볼 수 있듯이 젊은 귀족들은 기꺼이 이 비용이 많이 드는 관직을 떠맡아 자신의 정치적 경력의 도약대로 삼으려고 했다.85)

시라쿠스와의 전투에 앞서 벌어진 토론에서 역사가 투키디데스는 정치가 알기비아데스가 노시 아테네를 위해 스포츠 및 음악 경연대회에 행한 활동이 한 편으로 당연히 폴리스의 위엄에 기여했고 다른 한 편으로 또 개인적인 명성에 기여했다고 분명하게 말하고 있다. 하지만 민주주의적 평등이란 의미에서 부유한 시민들의 출세욕은 추첨을 통한 악사와 코러스 할당 같은 방법으로 견제되었다.86)

5. 배우의 선발

희극과 비극에서 배우의 선택은 네시기로 나누어서 살펴볼 수 있다.

1) 원래 작가는 자기 자신의 극을 연기했다. 그리고 이것은 특히 테스피스(Thespis)에 관한 기록이다. 아이스퀼로스 역시 만약 소포클레스가 기존

는 니코카레스였다. 비극은 스트라톤의 아들인 스트라토니코스가 코레구스였고, 메가클레이데스가 작가였다."〈Hesperia〉 40(1971) Nr. 4. 아테네 시장에 있는 킹 아르콘의 주랑 계단에서 발견된 주춧돌에 새겨진 금석문 내용. 기원전 5세기 말 혹은 4세기 초. In: CAD 135f.

85) 아테네 민주주의를 완성한 페리클레스 역시 자신의 정치적 이력을 아이스퀼로스의 비극의 코레구스로 참여하는 걸로 시작했다. (472년) Donald, Kagan, Pericles of Athens and the birth of democracy, New York 1991, S.36f. 아테네의 소위 카리스(charis) 정치학에 대해서는 Vgl. Martin, S.187. 디오니소스 축제와 'communitas'와의 관련성에 대해서는 Vgl. Möllendorf, Aristophanes, S.50.

86) 아테네에서 데메트리우스 정권아래서(317-307 B.C.) 후원제도는 폐지되었고, 디오니소스 축제는 매년 선출되는 아고노테테스가 관리했으며, 그의 임무를 수행하기 위한 기금이 제공되었다. 정확한 날짜는 알려져 있지 않다. 이렇게 된 이유는 단순히 후원제도의 부담 때문이었다. Vgl. Pickard-Cambridge, Festivals, S.92f.

관행을 포기한 최초의 작가였다는 사실이 맞다면 그가 제2배우를 도입한 후 나 그 전에 극중 인물을 연기했거나 최소한 그랬을 가능성이 높다.[87]

2) 극작가는 직접 선발한 직업 배우들을 고용했다. 아이스퀼로스는 클레안드로와 나중에는 민니스코스를 제2, 제3 배우로 고용했다. 소포클레스는 정규적으로 틀레폴레모스를 고용했고, 작품을 쓸 때 자신의 배우들의 특별한 능력을 고려했다고 전해진다. 에우리피데스의 생애를 보면 케피소폰이 에우리피데스 작품에 배우로 출연했다. 희극에서는 크라테스가 크라티노스의 작품에서 배우로 출연했고, 페레크라테스가 크라테스의 작품에 출연했다고 전해진다.

3) 비극의 세 주인공은 방법은 알려져 있지 않지만 아르콘을 통해 국가에서 선발한 것으로 추정되고, 추첨을 통해 작가들에게 배당되었다. 여기서 자연스럽게 배우들에게 상금이 도입되었을 것으로 추정된다. 도시디오니소스제에서의 비극에는 기원전 449년에, 레나이아제에는 기원전 432년경으로 추정되지만 분명한 증거는 없다. 비극에서는 상금을 획득한 배우는 다음 해 세 명의 후보 중 한 자리를 차지할 수 있는 자격을 획득했다.

희극배우를 선발하는 방법에 관해서는 잘 알려져 있지 않지만, 4세기 후반에 뤼쿠르구스가 희극 배우 선발대회를 부활시켰다고 전해진다. 승자는 이듬해 디오니소스제에서 연기를 할 수 있는 권리를 획득했지만, 이 경우는 다섯 주인공 중 하나에만 해당되었다. 그리고 이 방법이 얼마나 그리고 어떻게 지속되었는지는 알려져 있지 않다.

기원전 약 442년경에 희극 배우의 시상이 제도화된 레나이아제와 원래부터 혹은 기원전 329년에서 312년경에 희극배우의 시상이 제도화된 디오니소스제에서 연기할 희극 배우들이 어떻게 선발되었는지는 알 수 없다. 하지만 각각의 작가가 자신의 배우들을 추첨을 통해서 받았다는 것은 확실하다. 당시의 비극 공연 관행 상 각각의 비극작가의 네 작품 전체에 출연할 배우

---

87) Vgl. Pickard-Cambridge, Festivals, S.94.

가 할당되었을 것으로 추정된다.

연출에 관한 금석문은 기원전 418년의 레나이아제에서 경연에 참가한 두 비극 작가 작품에 리시크라테스와 칼리피데스라는 동일한 두 배우가 출연했다는 걸 보여준다. 이와 같은 체계가 디오니소스제에서도 적용되었을 것으로 생각할 수 있다. 나중에는 비극작가들이 위대한 세 비극 작가(아이스퀼로스, 소포클레스, 에우리피데스)보다 덜 알려져 있었고, 배우들 역시 전문적인 기술을 개발했기 때문에 한 작가에게 최고의 배우를 주는 어드벤티지를 주는 것은 불공정하다고 느껴져서 이 체계는 바뀌었다.

4) 세 명의 비극 배우는 이전처럼 선발되었지만 배우들은 각기 비극 작가들 작품 한 편에만 출연했고, 그 결과 기원전 341년 비극작가 아스티다마스와 에우아레토스, 아파레우스가 디오니소스제에서 경쟁했을 때 비극배우 테탈로스와 네오프톨레모스, 아테노도로스가 각각 한 작품씩 맡아 연기했다. 그것은 아리스토텔레스가 배우들이 이제는 작가들보다 더 중요하게 되었다고 진술한 직후였다.

다섯 명의 희극 배우들도 추첨에 의해 할당되었다고 추정된다. 기원전 288년 희극배우 아리스토마코스는 희극작가 시미로스와 디오도로스의 작품에 출연했고, 기원전 155년에 희극배우 다몬은 희극작가 카이리온과 디오토스의 작품에 출연했을 뿐 아니라 경연에 앞서 공연된 옛 작품에도 출연했다. 반면에 희극배우 칼리크라테스는 희극작가 필로클레스와 티모크세노스의 작품 모두에 출연했다.

각 비극 그룹에 필요한 제2, 제3배우가 어떻게 선택되고 급료가 지불되었는지는 정확히 알려져 있지 않다. (주인공은 국가가 급료를 지불했을 것으로 추정된다.) 도시 축제에 필요한 공연자들은 대개 함께 출연하는 극단이었을 것으로 추정되는데, 주연배우가 조달했다.

주연배우의 비중은 매우 높아서 금석문과 문헌 모두에서 '작품을 연기하다'라고 언급되는 배우는 주연배우뿐이었다. 또 주연배우만이 연기상을 획득할 수 있었다. 하지만 경연에 우승한 작품의 주연배우가 반드시 연기상을 수상한 것은 아니었다. 금석문 기록에 따르면 리시크라테스가 출연한 비극 작품이 우승을 했지만 연기상은 칼리피데스에게 돌아갔다. 이때가 기원전 183년이었다. 비극 배우 오네시무스는 비극작가 파라모노스의 작품으로 연기상을 받았는데, 이 작품은 희극 경연에서 2등상을 받았을 뿐이다.

비극의 제1배우가 추첨에 의해 뽑혔다는 것은 잘 알려져 있고, 희극 역시 비극의 관행을 따랐을 것이다. 따라서 제1배우는 추첨에 의해 뽑혔을 것이고, 그렇게 한 것은 공직 할당과 같은 다른 추첨에 의한 선발의 경우와 마찬가지로 신의 뜻에 따른 다는 의미를 가지고 있었다. 하지만 아르콘은 연극의 전문가라고 볼 수 없고, 그렇기 때문에 일부 극작가들은 이들에게 영향력을 행사해 필요한 배우가 할당되도록 했다는 추측도 가능하다.

당시의 희극 배우들의 연기 스타일은 뚜렷했고, 공연을 통해 개발한 나름대로의 개성을 가지고 있었다. 그래도 전문 희극작가들보다 뛰어난 희극 배우는 많지 않았다. 만약 배우들의 스타일이 뚜렷하다고 가정한다면, 작가로서 아리스토파네스가 경연에 상재할 희극을 쓰는 방법은 두 가지를 생각해 볼 수 있다. 특정한 배우가 출연하는 부분을 염두에 두고 극을 써서 자신에게 그 배우가 할당되도록 압력을 넣거나, 아니면 어떤 배우가 자신에게 배당되는지 알 때까지 극을 완성시키지 않고 기다렸다 배정이 되고 난 후에 그에 맞추어 극을 완성하는 것이다.

제2, 제3 그리고 그 밖의 배우들은 추첨이 아니라 작가나 후원자, 제1배우가 조달했다. 이 때는 코레구스의 입김이 작용했을 것으로 추정할 수 있는데, 배우들은 국가에서 급료를 받았기 때문에 급료를 이용해 배우들을 유인할 수는 없었지만 전체 제작과정에서 차지하는 코레구스의 비중 때문에 여타 배우의 선택에도 영향력을 행사할 수 있었을 것이라고 볼 수 있다.

기원전 4세기경에는 제1배우들은 '극단'을 형성할 수 있을 정도의 배우집단을 가지고 있었다. 이들 중 일부는 아테네에서 공연이 없는 여름 몇 달 동안 순회공연을 하고, 아테네에서 귀족주의적 여가활동의 특징이었던 개인 부자들의 집에서 시를 낭송하거나 다른 공연에 참여하는 전업 배우들이었다. 그런 배우들의 단체에는 악사들도 포함되어 있었다. 예를 들어 아리스토파네스 희극 일부에는 피리를 연주하는 카이리스(Chairis)가 등장하는데, 거기서 그는 마지 연기자 단체와 관객 모두에 친숙한 인물인 것처럼 이름이 언급되고 농담을 주고빋는다. (〈아카르나이 주민들〉 16, 〈평화〉951, 〈새〉 857행〉)

구희극 공연의 핵심인 코러스의 오디션과 선발은 후원자의 책임이었다. 공연에 출연하는 시민들이 처음으로 함께 모이게 되는 이 오디션과 선발 단계에서 비로소 희극제작과정은 관리들의 관심권에서 벗어나 작가와 후원자, 제1배우가 공연 준비를 독자적으로 책임지게 된다. 출연진들의 성격이 분명해짐에 따라 이 단계에서 작가는 리허설 때 발견될 수 있는 적절한 표현, 그리고 가능한 한 공연에 가까워 질 때까지 남겨둘 필요가 있는 주제와 관련된 인용들을 제외하고 작품을 보다 분명한 형태로 만들 수 있었다.

그래서 늦가을과 초겨울에 들어서면 준비는 두 영역에서 진행된다. 후원자는 플루트 주자와 코러스 지휘자 (대부분 작가 자신이었다)의 도움을 받아 코러스의 훈련을 시작한다. 이를 위해 모든 코러스 파트에 대한 완성된 대본이 필수적이었다. 제1배우는 잠시 등장하거나 극이 연극 자체로 될 때까지 리허설에는 필요 없는 '엑스트라'는 제외한 다른 배우들과 함께 연습을 시작하게 된다. 이것을 가능하게 하기 위해서는 비록 코러스 부분에서 보다 더 잘라낼 곳과 변경 혹은 가필되어야 할 여지가 많았겠지만 대본에 대한 완전한 개요가 필요했고, 대화는 대부분 완성되어 있어야 했다. 이 기간 내내 작가는 대본을 쓰고, 고치고, 각색하는 일과 배우들의 사기를 진작시키는 두 가지 일 모두를 신경 쓰게 된다.[88]

축제가 그리 멀지 않은 시점에 공연자들은 리허설을 위해 극장에 참석하게 된다. 공연을 앞 둔 2-3주 전쯤이 되는 이 시점에서 무대 기계와 엑스트라, 소품과 의상이 준비되고, 무대가 적절하게 세팅된 채 연습이 이루어

---

[88] 만일 아리스토파네스가 그의 초기작 일부에서 제1배우 역할을 했다는 이론이 맞다면 이 단계에서 그가 해야 할 일은 엄청난 양이었다. 물론 그렇게 하기 전에 사전에 자신이 제출한 작품의 제1배우로 추첨을 통해 배정이 되어야 했다.

지게 된다. 오늘날의 제작 관행에 비추어 이 시점은 연극 제작의 결정적인 시기로, 수많은 대본과 구성의 변경, 각색이 진행되었을 것으로 추정할 수 있다. 연극공연이 경쟁이었기 때문에 축제에 참가하게 된 다른 희극들에 관해 배우단체가 수집한 정보나 아르콘들이 방문하여 언급하는 말 등에 따라 대본이 달라지는 경우도 있을 수 있을 것이다.

6. 판　정

디티람보스와 연극경연은 아테네에서 경연의 형태를 취했고, 심판의 선발과 이들의 의무의 수행에 있어서 아주 세심한 주의가 취해졌다. 채택된 정확한 방법들은 논쟁이 분분한 부분이다. 하지만 이 문제를 거론한 고대 작가들에 관한 소수의 기록들(Plutarch, Isocrates, Lysias, Demosthenes)을 통해 대강의 모습을 알아낼 수 있다.

희극 경연의 우승자를 가리기 위해 각 부족에서 한 명씩 열 명의 판정단이 추첨을 통해 선발되고, 이들 중 다섯 명의 의견을 무작위로 뽑아 우승자를 결정했다.

1) 축제 전(혹은 개별 경연 전)에 위원회는 10부족 각각으로부터 선발된 명단을 작성한다. 이 명단에 들기 위해 어떤 자격을 요구했는지 알 수 없지만 코레구스가 참석해서 선발하는데 발언권이 있었다. 또 코레구스에게 선발 명단에 들 수 있도록 지지해달라고 부탁을 하는 경우가 있었고, 그가 선발에 영향력을 가졌다는 것은 분명하다. 비평 능력을 요구했을 것 같지는 않다.

2) 명단은 열 개의 항아리에 넣어진다. 각각의 항아리는 한 부족에서 선발된 이름들을 담고 있다. 이 항아리들은 위원회의 의장인 집행관과 코레구스들 양자에 의해 봉인되어 공공 출납관들의 보호 하에 아크로폴리스에 보

관된다. 그들을 매수하는 것은 중대한 범죄행위였다.

3) 판정관들이 판정을 하게 될 경연 시작 때 10개의 항아리는 극장에 놓인다. 아르콘은 각각의 항아리에서 하나의 이름을 뽑는다. 경연이 끝났을 때 이름이 뽑힌 사람이 작은 판자에 등수를 적는다. 판자들은 하나의 단지에 들어가 있고, 거기에서 아르콘이 무작위로 다섯 개의 판자를 뽑는다. 이 다섯 판자를 두고 경연의 결과가 결정된다.

공식적으로 경연을 참관한 열 명의 판정관이 극장의 열렬한 지지자들의 함성에 영향을 받았을 가능성은 상존했다. 진위는 불분명하지만 아엘리안이 전하는 이야기에 따르면 〈구름〉의 첫 공연 때 청중들이 아리스토파네스의 이름을 명단의 첫 번째에 올려야 한다고 큰 소리로 요구했다고 한다. 하지만 아리스토파네스는 일등상을 받지 못했다. 권력자나 청중의 영향은 각각의 판정관이 어떻게 투표하는지 알려졌기 때문에 그 만큼 더 컸을 것이다. 아리스토파네스 스스로 예를 들어 〈새〉에서 관객의 영향을 의식하고 있음을 보여주고 있고89), 심지어 뇌물을 사용할 충분한 가능성마저 있었다.

우승자가 결정되면 승리한 작가의 이름은 의전관에 의해 공표되었고, 아르콘이 담쟁이덩굴로 만든 화관을 수여했다. 각각의 축제에서 세 개의 경연 모두에 10명의 동일한 판정관이 활동했는지, 혹은 최고 배우에게 수여하는 상이 어떤 것이었는지는 기록이 없다.

아이스퀼로스와 소포클레스가 매우 많은 수의 승리를 차지했다는 사실은 기원전 5세기 판정관들의 능력과 평결의 일반적인 공정성에 대한 증거다. 이 작가들 각각은 자신들의 작품 절반 이상에서 우승을 했다. 에우리피데스는 몇 번 우승을 하지 못했는데, 그의 작품이 보여주는 시각이 받아들여지기 힘들었고, 그의 문학적 능력이 당대에는 제대로 평가받지 못했기 때문이었다. 부분적으로는 소포클레스와 경쟁을 해야 되는 조건 역시 그에게 불리했다.

---

89) "코로스 장: 맹세하지요. 판정관과 관객들 모두 내가 우승하도록 투표해준다는 조건이라면 말이오." Die Komödien des Aristophanes, S.288. (〈Die Vögel〉)

연극의 우승자를 가리는 각 부족에서 추첨으로 뽑힌 판정관들은 특별한 전문성을 가지지 않았다. 그리고 이 점이 오히려 심사를 공정하게 할 수있는 요인이기도 했다. 그렇지만 이들은 관객들의 반응이나 작가를 후원하는 명망가를 의식하지 않을 수 없었다. 그래서 축제의 개시와 최종 판정 사이에 매수 혹은 강요를 위한 충분한 시간이 있었기에 판정관들은 조심스럽게 보호되었다.

이들의 판정이 관객들의 그것과 달랐다고 보기는 어렵지만, 아리스토파네스의 〈구름〉의 경우에는 양자의 의견이 달랐던 것으로 보인다. 이 경우엔 관객들이 우승을 요구했던 반면 판정관들은 3등상을 수여했다. 추후에 검사를 통해 판정관들의 개인적인 이해관계가 드러나는 경우가 있었기 때문에 이들이 매수되는 일도 있었을 것으로 보인다. 하지만 에우리피데스의 경우를 제외하면 기원전 5세기 판정관들의 결정은 그 후의 비평의 견해와 일치하는 것을 보여주고 있고, 이 시스템을 남용한 사례는 기원전 5세기가 훨씬 지난 뒤의 일이었다. 그때는 이미 초연보다는 재공연이 이루어지던 시기였다.

무작위로 뽑은 다섯 심사위원의 판단 만을 근거로 우승자로 결정하기 때문에 때때로 심판 다수의 뜻에 합당하지 않은 경연결과가 발생하는 것도 배제할 수 없었다. 하지만 사람들은 이것을 문제로 느끼지 않았던 것 같다. 달리 생각하면 이런 다소 우연에 좌우되는 심사 절차가 한 편으로는 심사위원 매수행위를 막을 수 있었고, 또 우승을 놓친 경연 참가 작가에게는 변명의 여지를 제공해 줄 수도 있었다.

경연의 속성상 희극배우는 관객에 호소하고 심사위원들에게 깊은 인상을 줄 필요가 있었다. 이런 사항도 작품 선택에 제약조건이 되었다. 예를 들어 아리스토파네스는 작년에 누가 성공적이었고 실패했는지, 그리고 그의 이전 작품을 근거로 관객들이 자신에게 기대하고 있는 작품이 어떤 스타일인지 알고 있었다. 따라서 그는 이런 기대에 맞추거나 아니면 완전히 다른 스타일로 어필하는 것이 필요했다. 따라서 관객에 대한 고려는 특히 관객과 직접 소통하는 장면을 포함하는 것이 일반적인 희극작가들에게는 매우 중요한 고려사항이었다.

아리스토파네스의 관객은 대부분 전 연령대의 남성이었고, 대개 자유 시민들이었지만 외국인과 노예들도 일부 있었다. 기원전 4세기 극장은 14.000명에서 17.000까지의 관객들을 수용했고, 5세기의 관객도 대략 이 정도 규모였다. 도시디오니소스제에서는 외국에서 온 다수의 방문객들로 인해 레나이아제에서보다 더 많은 수의 군중이 모였다. 전염병이 돌았던 시기나 군사적 활동이 많았던 해에는 관객들이 당연히 이보다 적었을 것으로 보인다.

도시디오니소스제에서 국외자들이 참석한다든지, 전쟁 때 수많은 도시 남성 시민들이 부재한다든지 하는 관객의 구성요인들도 아리스토파네스가 희극을 공연할 때 염두에 두어야 하는 요인이었고, 그의 작품 곳곳에서 이런 점을 엿볼 수 있다.

공연의 순서도 판정관들과 관객들의 결정에 많은 영향을 주었던 것 같다. 그래서 아리스토파네스는 한 작가의 우승 기회가 경쟁자들 간의 공연 순서에 영향을 받았다는 걸 넌지시 말하고 있다.90) 공연 순서가 어떻게 결정되었는지는 잘 알려져 있지 않지만 먼저 공연된 작품의 스타일과 성격이 그 뒤에 공연된 희극의 판정에 영향을 미쳤고, 맨 처음 혹은 맨 나중에 공연된 작품은 관객들의 기분이나 다른 경쟁 작품들의 성격에 따라 유리하거나 불리했다는 것을 알 수가 있다.

이런 실제적인 문제와는 별개로 수상을 위해 희극작가는 디오니소스제 같은 중요한 종교적, 의례적 행사에서 실제로 관객들에게 극이 무엇을 제공할 수 있을지 고려해야만 했다. 하나의 극작품에서 관객에게 어필하거나 마음에 들지 않는 특성들이 어떤 것이었는지는 정확히 알 수 없다. 다만 몇 몇 특정 주제가 여러 희극에서 두드러지고 있고, 이것은 당대의 희극 관객 대부분의 인기를 끈 것이 어떤 것이었는지 보여주는 증거가 된다. 여러 번 반복 될수록 관객이 원하는 것이었다는 추론이 가능하다. 우승을 꿈꾸는 작가

---

90) 〈여인들의 민회〉 1158행 이하.

라면 관객들이 아주 싫어하는 소재를 몇 년 동안 계속해서 쓰기는 어려웠을 것이다.

그렇게 보았을 때 아리스토파네스의 인기는 우선 슬랩스틱과 외설, 클레오니모스(Kleonymos) 혹은 테오레스(Theores) 같은 악명 높은 개인에 대한 풍자였다. 또 초현실주의적인 환상적 구성도 인기 목록에 속한다. 이에 비해 관객의 인기를 상대적으로 덜 모은 것은 정치적 희화화와 비극의 패러디였다. 이 둘 모두 다 어느 정도 교육을 받은 청중을 필요로 한다는 점이 걸림돌이 되었을 것이다.

아리스토파네스의 희극에 중심적인 두 가지 요소는 극의 작은 부분에서도 명백하게 보이는 깊은 종교적 느낌과 서정주의, 음악, 그리고 텍스트를 통해서는 짐작만이 가능한 다양한 볼거리다. 또 아리스토파네스가 이런 다양한 요소들을 작품 속에서 혼합하고 있는 것은 다른 작가들에 비해 독특한 것으로 평가된다. 하지만 이것이 현존하는 그의 희극 모두에 공통적이고, 또 아리스토파네스가 공적인 작가로서 성공적인 인물이었다는 사실은 최소한 포괄적으로나마 자신이 무엇을 제공해야 할지를 정확히 알고 있었다는 것을 시사한다.

제6장 희극의 공연환경

1. 극 장

　현재 대략 200여개의 그리스 극장이 다양한 상태로 남아 있다. 이들 극장은 동쪽으로는 마르세이의 서쪽에서 아프가니스탄까지, 북으로는 아프리카의 지중해 해안에서 발칸지역에까지 흩어져 있다. 현재 남아 있는 극장의 가장 최근의 증축 시기는 대체로 잘 알려져 있지만, 초기형태나 최초의 공연기록 등은 거의 없다. 지금 남아 있는 그리스 극장은 모두 다 폼페이와 헤르쿨라네움의 극장과는 다르게 원형 그대로 보존되어 있지 않으며, 따라서 모두가 다 이후의 시기에 증개축 된 것이다.

　예를 들어 델피의 극장은 기원전 159년 페르가몬의 왕 에우메네스 2세에 의해 재건축되었고, 그 이후 로마의 지배를 받는 동안에 개조되었다. 주로 항아리 그림을 통해 알려진 초기의 목조 스케네(무대구역)는 페르가몬 극장에 남아 있는 나무 기둥 혹은 빔을 박았던 약간의 석조 소켓(끼우는 구멍) 외에는 남아 있는 물리적 흔적이 없다.

　현재 남아 있는 극장은 모두 돌로 건축되어 있고, 또 이 극장들 중 토리코스와 아르고스, 단 두 개의 극장만 기원전 4세기 중반 이전에 건축된 것이다. 기원전 6세기에서 5세기 사이에 건축된 이 두 개의 직렬극장(=장방형의 관객석을 가진 극장)은 아이스퀼로스, 소포클레스, 에우리피데스, 아리스토파네스도 알고 있었을 것으로 추정된다. 이 두 극장은 나무로 된 무대건물도 가지고 있었다.

페르가몬 극장의 석조 소켓.
Ashby, S.16.

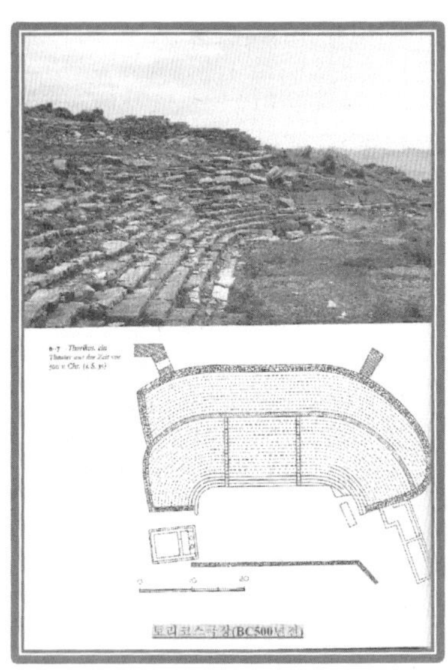

토리고스 극장.
Green / Handley, S.24.

1) 초기 극장의 발전

디티람보스, 비극, 사티로스극과 희극 공연은 아테네의 고전시기 동안 디오니소스를 모시는 도시디오니소스제와 레나이아제에서 이루어졌고, 그 때문에 항상 디오니소스의 성소에서 거행되었다. 초기 테스피스가 기원전 534년 수레에 단원들과 함께 아테네로 왔던 시기의 공연은 아고라의 오케스트라에서 이루어졌다.91) 이 장소는 후에 아그리파(Agrippa)가 음악당을 지은 곳이었던 것으로 추측된다. 관객들은 70회 올림피아드(기원전 499-496년)에서 무너질 때까지 아고라에 위치한 극장의 나무 스탠드(ikria)에 앉아서 관람했다. 시장에 위치한 원래의 원시적 나무 형태는 소필루스에서 발견된 항아리 그림에서 볼 수 있다. 이 항아리 그림에 나타난 열광적인 관객들의 움직임과 활기찬 몸짓들은 왜 이 관람석이 무너졌는지, 그리고 왜 극장의 의자가 언덕을 파내서 만들어졌다가 나중에는 돌로 제작되게 되었는지를 잘 보여준다.

임시객석의 관객들을 묘사한 항아리 그림. Bieber, S.51.

아고라에 건축된 레나이아극장 재구성 그림(Dörfeld). Bieber, S.51.

2) 아테네 디오니소스 극장

기원전 5세기의 말부터 아크로폴리스의 남쪽 기슭에 자리 잡은 디오니소스 극장이 아테네 연극의 공연장소로 이용되었다.

---

91) "시장에 있는 〈어떤 장소〉가 처음에는 〈오케스트라〉로 불렸다. 그런 다음 극장의 낮은 반원을 그렇게 불렀다. 거기서 코로스가 노래하고 춤을 추었다." (Photius 〈Lex〉 orchestra 편. A.D. 9세기의 기록. CAD 133.

현재 남아 있는 아테네 디오니소스극장 유적 전경. 2004년 6월 촬영.

3) 건축사와 구조

초기의 유적은 남아 있지 않기 때문에 디오니소스극장의 초기 형태에 대해서는 여러 가지 설이 있다. 이 극장은 고대를 거치면서 여러 번 개축되었고, 중세 때는 대리석 채석장으로 사용되었으며, 19세기에는 초기 고고학의 실험장 구실을 했다. 고대의 유적은 얼마 되지 않고, 이들에 대한 해석 또한 다양하다. 19세기 발굴 결과들을 책으로 펴낸 되어펠트(Dörfeld)에 따르면 처음으로 테아트론(관객석)을 경사진 곳에 건설한 것은 기원전 약 500년경이었다. 같은 시기에 디오니소스의 구(舊) 신전이 건축되었다.

메일리언이 작성한 설계도를 토대로 극장의 구조를 살펴보면, 고대 다각형 석조건축으로 된 벽의 잔해(SM3)가 그 이후의 재건축 때 파괴되지 않고 남아있으며, 서쪽 파로도스(=코러스 입장을 위한 스케네와 오케스트라 사이의 양 측면 공간)로부터 성소를 구분하는 가장 초기의 벽의 라인을 표시하는 것으로 추정된다. 그 외 고대극장의 벽으로 보이는 두 개의 라인(J3과 SM1)은 그 이후에 추가 건축된 스케네 건물 아래 남아 있다.92)

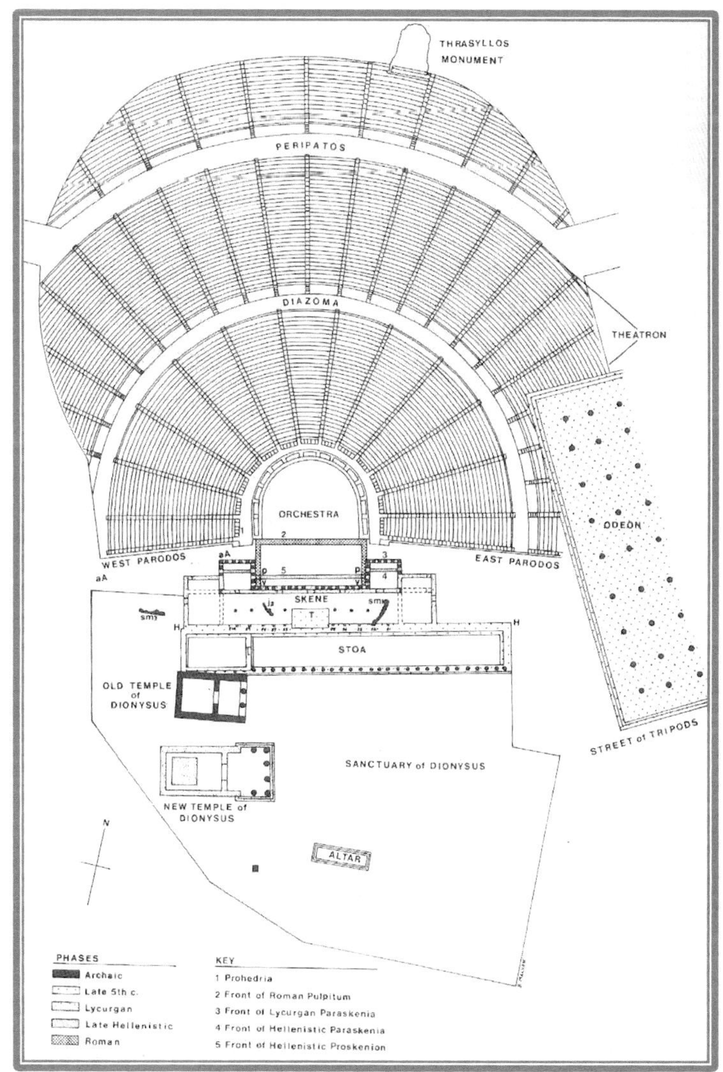

디오니소스 극장의 건축 역사 및 구조
(E.R. Malyon 그림). CAD Plate 14.

---

92) 디오니소스 극장 초기 연구에 해당되는 되어펠트의 연구는 이것이 고대의 둥근 오케스
트라의 범위를 표시하기 위해 둥근 형태로 친 옹벽의 잔해들이라고 생각했지만 이후
의 연구자들은 남아있는 초기 극장의 유적에서 나타나는 오케스트라의 형태가 둥글지
않고 장방형 혹은 사다리꼴로 추정되기 때문에 되어펠트의 가설을 반박하고 있다.

이 극장의 주요한 재건축은 대부분 페리클레스 음악당(Odeon)의 건축(440년)과 연계되어 **기원전 5세기 후반**에 이루어졌다. 이 대규모 음악당(이자 예비경연 장소)은 동쪽으로부터 테아트론에 의해 잠식되었다. 오케스트라의 중앙과 테아트론 전체는 잠식을 최소화하기 위해 북쪽과 서쪽으로 약간 밀렸을 것으로 추정된다. 동시에 콜로네이드 혹은 주랑(柱廊 Stoa)은 극장 구역보다 3미터 낮은 디오니소스 성소의 북쪽 가장자리를 가로질러 건축되었다. 주랑의 뒷벽에 잇대어 같은 기초위에 나무 기둥을 세울 수 있게 규칙적인 간격으로 열 개의 구멍이 난 73.1미터 길이의 벽(H-H)이 잇닿아 서 있고, H의 북쪽으로 2.7미터가량 튀어나온 장방향 석조 돌기(T)는 서쪽에서 동쪽으로 7.9미터에 달한다. 일부에서는 이 석조 돌기가 스케네나 무대 기계를 받치는 용도로 사용되었을 것으로 추정하고 있다.

메일리언 설계도의 S1-S10으로 표기된 10개의 석재 조각은 긴 스케네 건물의 뒷벽이나 돌기(T)가 받치고 있는 스케네의 배경 벽을 받치는 것으로 추정된다. 문헌 및 도상학적 사료들을 근거로 최소한 기원전 420년에는 낮은 나무 무대가 스케네와 잇닿아 있었고, 여기에서 배우들은 계단을 통해 오케스트라로 진출할 수 있었을 것으로 추정된다. 관객들은 아크로폴리스의 경사면에 건설된 나무 관람석에 앉아 있었다. 특별인사들을 위한 석조 객석 열(prohedria)또한 오케스트라 가장자리에 놓인 테아트론의 맨 아랫단에 건축되었다.

기원전 330년에서 4세기 후반에 이르기까지 극장은 이 기간 내에 (338-326) 재정을 담당했던 뤼쿠르구스가 주도해 대폭적인 재건축이 이루어졌다. 관객석인 테아트론은 돌로 개축되었다. 따라서 현재 남아있는 대부분의 석조 객석은 뤼쿠르구스 극장시대의 것이다. 석조 테아트론은 지름이 20미터에 달하는 둥근 형태의 오케스트라를 둘러 건축되었다. 중간 통로인 디아조마(diazoma)의 하단 테아트론에는 12개의 좌석 계단이 13개의 V자형 좌석으로 구분되어 있고, 상단 테아트론에는 약 21개의 계단이 있다.

관객석에서 마주 보이는 스케네의 전면은(V-V) 길이가 20미터에 달한다. 스케네 양 측면에 있는 사각형 석조 건물은 측면 스케네, 즉 파라스케니아(parascenia)로 불리며, 스케네 건물보다 5미터 정도 앞으로 튀어나와 있다. 하지만 후기의 재건축으로 인해 뤼쿠르구스 시기의 스케네 형태는 알 수 없게 되었다.

뤼쿠르구스 극장 이후에 세워진 그리스 다른 지역의 극장들은 스케네 건물 위로 2층을 만들어 무대로 사용했고, 또한 스케네 전면에 프로스케니온(proscenion)이라 불리는 1층짜리 연단을 만들었다. 이 연단은 글자그대로 스케네 앞무대를 말한다. 이 프로스케니온의 지붕에서 배우들이 객석을 향해 내화를 나누기 때문에 이곳은 로게이온(logeion '말하는 장소')이라 불렸고, 스케네의 2층은 에피스케니온(episkenion)이라 불리는 배경 막으로 이용되었다.

기원전 4세기 후반 아테네의 극장은 나무로 된 것으로 추정되는 높임무대를 사용한 첫 번째 극장이었고, 다른 극장들의 모델이 되었다. 이 시기에는 배우들의 연기구역이 초기의 낮은 나무 무대에서 높은 곳에 위치한 로게이온으로 이동하게 되어 기원전 5세기 희극에서 볼 수 있었던 배우와 코러스, 무대와 오케스트라 간의 자유로운 이동과 대화가 불가능하게 되었다. 뤼쿠르구스 시대 극장에서 공연된 신희극의 텍스트를 보면 배우들은 더 이상 코러스와 대화를 주고받는 일이 없는 데, 이를 보면 4세기 후반에 이미 아테네 극장에서 무대가 높아졌다는 것을 알 수 있다.

지속적으로 변화된 아테네 디오니소스극장 구조는 **기원전 2세기**로 추정되는 헬레니즘 시대의 재건축 때 두 개의 파라스케니온이 스케네 쪽으로 2미터 정도 더 밀려났다. 스케네의 전면에는 프로스케니온(P-P)이 건축되었고, 이 전면무대는 길이 20 미터에 폭은 3미터 정도 밖에 되지 않았다. 네로시대(서기 54-68년)에 들어 이 스케네는 측면무대건물인 파라스케니아를 갖춘 돌기둥이 받치고 있는 2층짜리 석조 건물로 대폭 개조되었다.

현재의 디오니소스극장은[93] 기원전 330년 경 뤼쿠르구스시대[94], 그러

---

93) 도시디오니소스제의 공연장소가 디오니소스 극장이었다면, 레나이아제에 관해서는 의견차이가 있다. 일반적으로는 초기의 공연은 아고라에서 이루어졌고, 그 후 440년

니까 신 희극 시대의 유물 일부만 보존되어 있다.

4) 극장의 기능구조

아테네의 디오니소스 극장은 다른 도시의 극장 건축에 절대적인 영향을 미쳤고, 이 극장의 핵심구조인 테아트론(관객석)과 오케스트라, 그리고 무대 건물인 스케네는 전 그리스 극장에 공통성을 부여했다. 그 때문에 그리스 극장의 기본 형태는 특별인사들을 위한 명예석(prohedrie)을 갖춘 테아트론이 코러스가 춤추는 곳인 오케스트라를 둘러싸고 있고, 이 오케스트라는 5세기에는 약간 높았을 것으로 추측되는 단상무대(logeion)를 통해 뒤쪽에 놓인(무대장치를 포함한 일체의) 무대건물(Skene)과 구분되어있었다. 코러스는 서쪽(eisodoi)과 동쪽(parodoi)의 측면 입구를 통해서 오케스트라로 입장했다.

(1) 테아트론

고대그리스 초기의 연극 공연에서 시간이 지나면서 이미 공연된 극작품의 재공연이 허용되긴 했지만 한 극작품이 현대적인 의미에서 장기공연 될 가능성은 전혀 없었다. 공연은 축구 경기처럼 일회적이었고, 극장 건물은 축구 경기장처럼 이 일회적 행사에 참여하여 극의 일회적 상연을 보고자 하는 막대한 수의 군중들을 수용하기에 충분할 정도로 커야만 했다. 따라서 극장의 수용인원에 따른 크기가 위치를 규정했다.

초기의 공연은 나무 스탠드에 앉은 청중들 앞에서 이루어졌으며, 이 공연

경에 디오니소스 극장으로 옮긴 것으로 본다. 따라서 아리스토파네스(427-388)의 공연은 디오니소스극장에서 이루어졌다고 볼 수 있다. Vgl. Wester, Bühnenaltertümer, S.19.

94) Vgl. Simon, Das antike theater, S.10.

들은 아크로폴리스의 북서쪽에 위치한 아고라의 평지였을 것이라는 증거도 있다. 이것은 평지에 석조 스탠드를 건설해 관객석을 만든 로마인들보다 초기 그리스인들의 기술부족의 증거라고 해석하는 게 일반적이다. 그래서 임시로 지어신 목조 계단식 스탠드가 무너지고 나서야 극장은 자연스럽게 자연적인 경사면에 건축되었고, 이런 건축 관행은 그 이후 전 그리스 극장에 하나의 규범으로 작용했다.

아테네의 디오니소스 극장은 충분한 크기를 가진 경사면을 가진 아크로폴리스 남동쪽 아래 부분에 위치해 있다. 처음에 이 경사면에 나무 의자를 마련했지만 그 후 기원전 4세기 정도에 나무 좌석은 석조로 바뀌었다. 시간이 흐르면서 확대되고 견고해진 원형극장은 무엇보다 연기자의 목소리를 고르고 크게 전달할 수 있는 천연의 조건을 갖추었다. 그리스인들은 이것을 '보는 곳' 즉 테아트론이라 불렀지만 로마인들은 아우디토리움(auditorium), 즉 '듣는 곳'이라고 불렀다. 그러니까 그리스인들은 테아트론을 수 천, 수만 명이 모여 목전에서 펼쳐지는 노래와 춤, 대화와 연설로 구성된 '공연을 보는 장소'로 이해했던 것이다.

(2) 오케스트라

관객들 바로 앞에는 기원전 6세기 혹은 그 이전부터 있었던, 즉 드라마가 도입되기 전 시기의 장소에 아직도 약간의 흔적이 남아 있는 두 개의 물건이 놓여 있었다. 하나는 작은 디오니소스 사원이었다. 즉 극장은 성소였던 것이다. 또 다른 것은 경사면 아래 면에 더 가까이 놓여 있는 한 때 타작마당이었을 것으로 추정되는 평평한 원형의 구역이었다. 이 원형의 구역은 오늘날의 그리스 시골에서도 여전히 볼 수 있는 둥근 타작마당들과 흡사하지만 규모면에서 약간 큰 모양이다. 이 원형 마당이 오케스트라, 즉 코러스가 율동과 함께 노래하던 무용 마당이었다. 이 흙 마당의 중간에는 작은 제단(thymele)이 있었고, 그 곁에는 반주자들이 자리잡고 있었다.

펠로펜노소스 반도 동북쪽에 위치한 에피다우로스 극장
(기원전 4세기)의 완벽한 원형 오케스트라. 2004년 6월 촬영.

연극 공연 때는 이 원형마당은 서쪽과 동쪽에 난 측면 입구를 통해 입장
할 수 있는 코러스 구역으로 사용되었고, 나무로 된 긴 무대건물인 스케네
로 막혀 있었다. 오케스트라로 불리는 이 구역과 연관해 특히 세 가지 문제
가 논쟁중이다. 우선 코러스의 무용장소인 오케스트라가 5세기에도 이미 둥근
형태였는지 아니면 장방형에 가까웠는지가 확실하게 밝혀지지 않았다.95)
또 배우가 오케스트라에서, 그러니까 코러스와 같은 구역에서 연기를 했는
지, 아니면 오케스트라와 별도로 놓인 약간 높은 연단 무대에서 연기를 했
는지도 논란의 대상이다. 마지막으로 고대극에서 두 개의 가장 중요한 극장

---

95) 오케스트라의 기하학적인 형태에 대해서는 두 가지, 즉 원형 혹은 장방형이었다는
    견해가 있다. Vgl. Bieber, The History of the Greek and Roman Theater,
    S.55ff. 후기에 건설된 에피다우루스 극장이 명확하게 원형의 오케스트라를 보여
    주는 반면에, 아테네 주변지역인 크라코네스와 토리코스의 당시 극장의 오케스트라
    들은 장방이며, 이것은 어쩌면 중심지 아테네의 정치, 문화적 중심의 모델을 따르
    고 있었다는 점에서 양 발굴지는 5세기의 장방형 오케스트라에 대한 증거로서 해
    석된다. 그 밖에 그리스와 로마시대의 극장의 다양한 양상에 관해서는 Vgl. Paulys
    Realencychlopädie der Classischen Altertumswissenschaft, Bd. 5.
    (Theatron) Sp. 1384-1422.

기계인 기중기(mechane, geranos)와 활차(ekkuklema)는 어떤 모습과 조종방법을 가지고 있었으며, 극 중 연극적 환상을 불러일으키는데 도움을 주는 무대장치는 얼마만큼 사용되었는지도 여전히 논쟁중이다.

배우가 오케스트라에서 연기를 했는지, 그렇지 않으면 오케스트라 맞은편에 놓인 스케네에서 연장되어 나온 약간 높은 무대에서 연기를 했는지는 문헌학적 고고학적 해석이 나뉜다. 고고학적 관점에서는 기원전 5세기에 있었을 것으로 추정되는 나무로 만든 연단처럼 설치된 무대의 존재에 대해 많은 학자들이 부인하고 있다. 하지만 문헌학적 관점, 즉 전해지는 극작품의 실제 공연 상황을 토대로 보았을 때 그런 연기장소가 반드시 있어야 한다고 보고 있다. 물론 문헌학적 측면에서도 오케스트라와 심하게 차이 나게 높이 올린 무대는 부인하지만, 양 자의 높이 차이가 1m 이하인 낮은 연단의 존재는 부인하지 않는다.

당시의 공연 상황을 보여주는 문헌에는 배우의 등장과 퇴장시에 'anabainein'(올라가는)과 'katabainein'(내려가는)이라는 용어가 사용되고 있는 것으로 미루어 낮은 무대는 있었을 것으로 가정되며, 공연 기술상으로도 신빙성을 보여준다. 그렇다 하더라도 높이 차이는 희극에 자주 등장하는 코러스와 배우들 간의 접촉을 방해할 정도로 차이가 날 수는 없었을 것으로 추정된다.

기원전 4세기 초 또는 아무리 빨라도 4세기 말에 들어서야 무대연기는 소위 '한 계단 높이', 즉 대개는 4미터에까지 이르는 높고 평평한 헬레니즘 무대(고층무대)로 옮겨갔다. 이 시기부터는 배우들이 스케네의 2층과 연결된 고층무대에서 연기를 했고, 관객석에서는 이 높은 무대에서 벌어지는 공연을 마치 '부조(浮彫)'를 보듯이 관람했다. 기원전 5세기와 4세기 전반의 연극공연에서 코러스와 배우들이 같이 연기할 때 양자가 거의 차이가 없는 높이에 머물러 '입체적으로' 보였던 합창단은 이 시기에 들어 연기장소보다 훨씬 아래에 놓인 오케스트라에만 머물렀다. 이 고층 무대는 헬레니즘시대와 로마시대를 거쳐 현대의 극장에서도 기본 형태를 규정하고 있다.

관객 앞에서 연기하고 있는 배우. 희극 공연 장면을 묘사한 가장 초기 시기의(기원전 420년) 항아리 그림. 그림으로만 보면 배우가 위치한 낮은 연단 무대는 오케스트라로 쉽게 접근 할 수 있게 설치되어 있다. 무대 위의 연기자는 페스세우스 역을 공연하고 있다. 왼 손으로 쥐고 있는 큰 낫(harpe)과 팔에 걸치고 있는 메두사의 머리를 담은 마술 자루(kibisis)로 알 수 있다. CAD Plate 4B.

(3) 스케네

스케네의 발전은 그리스 연극의 독특한 성격과 그리스 드라마 자체를 형성하는 데 있어 큰 역할을 했기 때문에 극장 구조에서도 특히 중요한 부분이다.

우리가 오늘날 알고 있는 디오니소스 극장의 유적은 오케스트라 뒤편에 긴 벽의 아랫부분을 포함하고 있는데, 거기에 놓여 있는 돌에 수직 홈 혹은 가늘고 긴 구멍이 있다. 지금은 전해지지 않는 무거운 나무 기둥이 있었음을 암시하는 이 홈들은 스케네가 애초에 텐트나 오두막으로부터 보다 정교한 구조물로 발전 됐음을 증명한다. 이 기둥 구멍들은 스케네의 배후를 지지하는 것이고, 스케네의 전면을 지지하는 다른 지지대가 그 보다 더 앞에 있었다는 것을 보여준다. 만일 이 홈들이 모두 다 연장된 스케네에 사용되었다면 스케네의 총길이는 30미터가 이상이 되었을 것으로 추정된다. 높이는 4미터를 넘지 않았을 것이고, 스케네 지붕 끝부분에는 후기 시대의 석조 극장 건물 같은 튀어나온 날개들이 있었을 것으로 추정된다. (파라스케니온 paraskenion) 초기에는 이깃이 나무로 만늘어졌고, 각 축제를 위해 새로 건축되었을 것으로 추측된다. 하지만 그런 견고한 건축물이 단 하루 사용하기 위해 건축됐다고 보기는 어렵고, 몇 작품을 공연하기 위해 건축되기도 힘들다. 분명 연극 경연 내내 사용되었을 것이다.

스케네는 우선 무대장치를 보관하는 데 이용되었다. 배우들 배경을 이루는 나무로 만든 건물 전면은 가면과 화려한 의상을 돋보이게 하고, 배우들의 발성에는 효과적인 음향판의 역할을 했을 것이다. 사실상 공연의 배경과 마찬가지의 다목적 건물이었다. 하지만 스케네는 단순히 배경 이상의 역할을 했다. 애초에 교체를 전제로 만들어진 텐트나 오두막 대신에 현대 극장의 드레스 룸 같은 외부 부속물로 진화하면서 스케네는 연기공간이 되었다. 또 극 중에서 없어서는 안 되는 중요한 역할을 담당하여, 궁전이나 사원, 장군의 막사나 심지어 동굴 등 극의 일부의 공간적 무대이거나 연극적 환상(make-believe)을 위한 부분이 되었다. 극중의 인물들은 이 안에서 살면서 무대로 들어오거나 나가는 것으로 간주되었다.

대부분의 비극에는 문이 하나였다는 것이 정설이지만 기원전 458년 아이스퀼로스의 〈오레스티〉가 이미 최소한 두 개의 문을 필요로 했고, 기원전 421년에 공연된 아리스토파네스의 희극 〈평화〉와 392년의 〈여인들의 민회〉 역시 세 개의 문을 요구하고 있는 것으로 보아 신 희극 공연에 사용된 무대시설이 기원전 5세기의 구희극에도 비슷하게 사용되었을 것이다. 기원전 5세기 말에는 스케네의 전면에 4미터 넓이를 가진 중앙의 큰 문과 각 측면에 보다 작은 문 등 세 개의 입구가 있었을 것으로 추정되는데, 이 문은 각각 집이나 '체류지' 혹은 두 개의 집과 하나의 성소를 위한 구역으로 사용될 수 있었다.

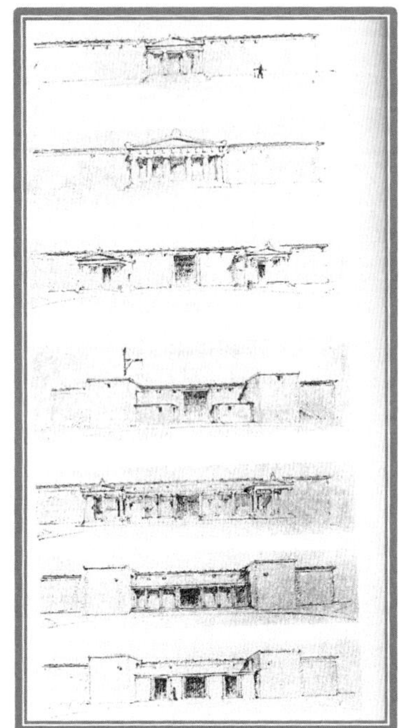

기원전 5세기의 다양한 형태의 스케네 모형(E. Fichter 재구성). Bieber, S.60.

스케네의 발전모형(E. Fichter 재구성) 위에서부터 초기 - 아이스퀼로스 무대 - 페리클레스시대 - 헬레니즘시기. Simon, Tafel 2.

스케네의 지붕은 〈오레스티〉 이래로 연기구역으로 사용되었던 것으로 보인다. 이것은 뤼쿠르구스 시대 이후로 극장이 석조로 건축되었기 때문에 어려운 일이 아니었다. 비록 일부에서 에우리피데스의 극이 한 배우가 지붕에서 땅으로 뛰어내리는 장면이 들어 있다고 생각했고, 거기에서 3미터이상은 아닐 것이라는 결론을 내리긴 했지만 스케네의 높이는 불확실하다.

스케네는 평평한 지붕을 가지고 있어서 〈오레스테스〉의 첫 장면에서 파수꾼이 했던 것처럼 그 위로 배우가 등장할 수 있었다. 더 높은 곳으로 오르는 것은 기중기 같은 극장기계를 통해 가능했다. 하지만 배우의 일반적인 연기구역은 스케네 건물 정면의 오케스트라와 인접한 지역이었다. 디오니소스 극장의 예에서 본 것처럼 이 구역과 오케스트라와의 관계가 기원전 5세기 극장의 많은 문제들 중에서 가장 논쟁적인 부분이다.

특히 문제가 되는 것은 관객석과 구분된 오케스트라와 연관된 이 연기구역의 높이였다. 고대 이후 그리스 극장에 대한 문헌들은 오케스트라 위로 3-4미터 높이의 무대가 있었다고 가정하고 있다. 하지만 고대극의 많은 곳에서 배우와 코러스의 뒤섞임을 요구하고 있으며, 몇 몇 작품에는 코러스가 스케네를 통해 등, 퇴장하는 것을 요구하고 있다. 또 배우들이 오케스트라 마당의 측면에 있는 입구(파로도스)로 등퇴장하는 것을 요구한다.

이런 것들로 미루어 배우들이 아직도 코러스의 파생물에 지나지 않았던 고대극의 시기에는 배우를 오케스트라보다 훨씬 높은 위치에 배열한다는 것은 생각하기 힘들다. 하지만 다른 관점에서 보면 만일 배우들이 코러스와 같은 높이에 있었다면 관객들이 배우들의 연기를 보는데 어려움을 겪었을 것이고, 특히 관객석의 앞줄에 놓인 명예석에는 시각적인 어려움이 훨씬 컸을 것으로 짐작할 수 있다.

이런 정황들과 문헌학적 연구를 종합해 일반적으로는 관객석(테아트론)에서 보아 오케스트라 뒤에 놓인 스케네 전면에 낮은 플랫폼이 있었을 것으로 생각한다. 그것의 일반적인 규모는 분명 길었으나 좁았던 것으로 추정한다.96)

---

96) 가장 논쟁의 여지가 많은 오케스트라보다 높은 단상무대의 존재여부에 대해서 마가렛 비버 같은 극장 연구가는 그런 것이 실질적으로 존재하지 않았다고 보아야 한다고 주장한다. Vgl. Bieber, The History of the Greek and Roman Theater, S.73.

고대그리스 극장의 테아트론과 오케스트라, 스케네

1. 그리스 도도나 극장[97]

스케네

오케스트라

---

97) 2004년 6월 필자 촬영. 그리스 중서부 지역 이오안니아 북서부에 자리한 1만 7천 석 정도를 수용하는 그리스 최대의 극장 중 하나. 3세기 초 피로스 왕 치하(기원 전 297-272년)에 나이아 축제극을 상연하기 위해 건축되었다. 처음에는 55개의 좌석열과 오케스트라, 파라스케니온이 달린 스케네 및 도리아식 기둥홀이 건립되었 다. 석조 전면건물과 프로스케니온은 그 후에 보충되었고, 격투장과 스펙터클을 주 로 상연한 로마시대에는 그리스 식의 동물을 가두기 위한 공간이 스케네 건물 양 쪽에 만들어졌다. 관객들을 동물들로부터 보호하기 위해 2.80m 높이의 보호벽이 설치되기도 했다.

2. 오로포스 극장98)

스케네 고대유적

---

98) 2004년 6월 촬영. 아테네 북동부 해안가에 위치한 오로포스 극장은 고대의 스케
네 건물이 유일하게 남아 있는 극장 유적이다. 아테네 디오니소스 극장의 예를 따
라 산비탈의 경사를 이용해 땅을 파내고 관객석을 만들었다.

3. 펠로폰네소스 반도의 메가로폴리 극장[99)]

오케스트라

스케네 잔해

---

99) 2004년 6월 촬영.

4. 펠로폰네소스에 있는 아르고스 극장[100]

오케스트라

테아트론 잔해

5) 무대배경그림

현대 무대에 비해 연기공간의 폭이 좁았던 것이 구희극 시기인 기원전 5
세기 극장의 두드러진 특징이었다. 어쨌든 5세기에는 이 무대배경은 아직 나

---

100) 2004년 6월 촬영. 토리코스 극장과 함께 가장 오래된 극장.

무로 만들어져 있었고, 그 때문에 기원전 4세기의 석조 스케네보다는 각각의 드라마의 필요성에 따라 쉽게 개조될 수 있었다. 물론 무대그림(skenographia)도 있었지만(소포클레스가 도입) 무대배경은 사실적인 것과는 거리가 멀었다.

언제부터 세 개의 연극장르, 비극과 사티로스극, 희극에 각각 통일적으로 그려진 무대(기본 세트)가 사용되었는지는 확인할 수 없다. 기원전 5세기 초가 처음이었을 것으로 추정하지만 이 기본무대세트가 완전히 형성된 것은 뤼쿠르구스의 극장에 이르러서야 비로소 이루어졌을 것으로 추정된다.

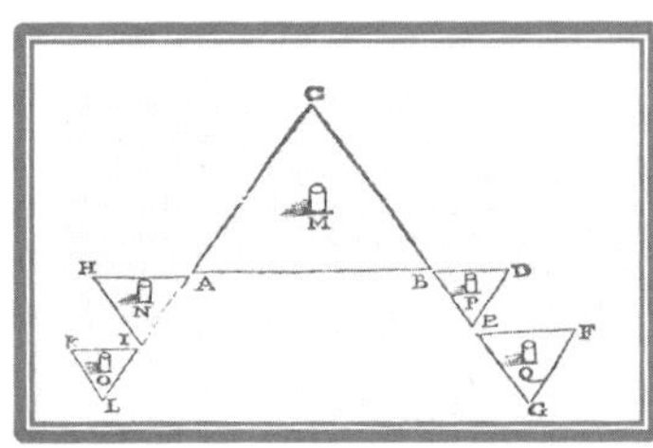

페리아크토이설계도. Ashby, S.93.

피나케스가 설치된 석조 스케네 건물 재구성도(헬레니즘 시기의 프리에네 극장). Bieber, S.111.

그 하나는 스케네의 전면인 프로스케니온(proskenion)의 기둥 사이에 배경을 그린 나무나 천으로 만든 널빤지(피나케스pinakes)나, 프로스케니온 전면에 앞으로 튀어나오게 설치한 나무로 만든 세 개의 채색된 그림판(페리아크토이periaktoi)이었다. 이 무대배경은 공연 중에 장면변화를 알리기 위해 회전이 가능했다.

이 무대그림 및 무대장치의 문제에서도 많은 것이 해명되지 않았다. 무대그림에 대한 기록 자료는 문헌마다 다르고, 기원전 5세기 무대에서 그것이 사용되었는지에 대해서도 통일된 견해가 없다. 물론 기원전 5세기 이래로 원근법적인 무대그림이 있었지만 그것은 각각의 장소에 대한 사실적 혹은 환상적인 묘사라기보다는 오히려 상상을 불러일으키는 것으로 간주해야 한다.

장면묘사는 스케네 앞의 이동 무대장치를 통해 기본사항들이 때로는 세부적으로 적시되어 있었지만 개별적인 것은 관객의 상상력을 최대한으로 이용할 수 있는 방식으로 이루어졌을 것이다. 소도구와 고정된 무대장식은 모두 코레구스의 재정능력에 딸려 있었을 것으로 생각된다. 예를 들어 아리스토파네스 〈구름〉의 마지막 장면인 엑소도스(코러스의 퇴장)는 소크라테스의 집이 관객들 앞에서 직접 불에 타는 장면을 보여주는데, 만약 지금 남아있는(공연되지 않은 것으로 간주되고 있는) 〈구름〉 텍스트가 공연되었더라면 코레구스의 능력에 따라 극의 볼거리가 달라졌을 것으로 생각할 수 있다.

6) 특수장치

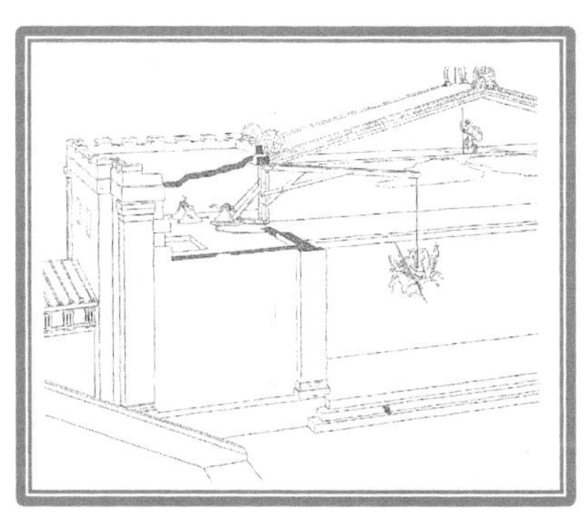

Heinrich Bulle와 Heinrich Wirsing이 재구성한 기원전 5세기 그리스 극장의 무대장면묘사 중의 메카네 그림. Ashby S.83.

고대그리스극에서는 스케네의 지붕을 이용해 특수한 극장 기계를 사용했다. 이런 특수 장치로는 게라노스(geranos) 혹은 메카네(mechane)라고 불리는 기중기와 에퀴클레마(ekkyclema)라고 불리는 이동식 회전무대를 들 수 있다. 특수 장치의 사용은 작가에 따라 특징적으로 사용되었고, 비극과 희극에서 기계의 사용은 단순한 무대효과장치를 넘어 극의 기본적인 특성을 규정하는 요소로 작용했다.

우선 비극에서 기중기는 신들이 공중에서 효과적으로 등장하는데 사용되었다. 이 기계는 스케네 뒷벽 가까이에 무대중간 높이에 위치하고 있었고,

모양새나 기능이 선박에서 사용하는 기중기와 유사했을 것으로 추측된다.

비극에서 등장인물을 스케네로부터 무대로 이동시킬 수 있는 기구인 에퀴클레마가 어떻게 생겼고, 작동했는지는 잘 알 수 없다. 다만 추정 상으로 작은 바퀴가 달린 평평한 나무 플랫폼 형태가 아니었을까 여겨진다.

메카네(혹은 게라노스 geranos)는 통상 데우스 엑스 마키나(deus ex machina)로 불리는 신들을 등장시키기 위해 사용된 극장기계로 특히 에우리피데스 비극에서 즐겨 사용되었다. 에우리피데스는 신들을 등장시켜 신화에서 정해진 길을 벗어나거나 이

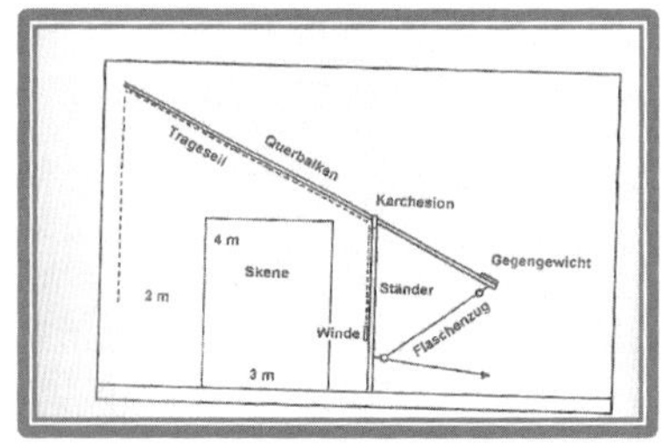

Landle의 메카네 모형도. Ashby S.84.

미 벗어나버린 극중 사건을 강제로 되돌려 정해진 결말로 이끌곤 했다. 이처럼 여신 혹은 남신을 등장시켜 인위적으로 극의 결말을 짓는 비극의 관행을 데우스(또는 데아) 엑스 마키나라고 불렀는데, 메카네는 이런 갑작스러운(공중에서부터의) 신들의 등장을 위해 사용되었다. 예를 들어 〈Bellerophon〉으로 알려진 지금은 남아있지 않은 극에서 주인공은 날개달린 말 페가수스를 타고 하늘로 날아간다.

바퀴달린 낮은 플랫폼인 에퀴클레마는 내부 장면을 밖에서 볼 수 있게 하거나 장면전환을 보여주기 위해 문밖으로 굴러 나올 수 있는 장치였는데 오늘 날의 극장설비로 본다면 내부공간을 밝히는 조명 혹은 내부에서 외부로 장면을 이동시킬 수 있는 회전무대의 기능을 갖고 있다.

고대그리스 희극에서도 이 두 개의 극장기계는 사용되었지만 그 배경은 완전히 달랐다. 무엇보다 희극에서 기중기는 특히 비극에 대한 패러디의 목적에서 사용되었다. 희극의 비극 패러디에서는 특히 비극에서 기중기가 가지고 있는 주요 기능인 극적 환상을 파괴하고, 그 인위성을 비난하기 위한 것이었다.101) 특히 아리스토파네스는 기중기를 패러디의 좋은 대상으로 생각했고 자주 극 중에 등장시켰다.

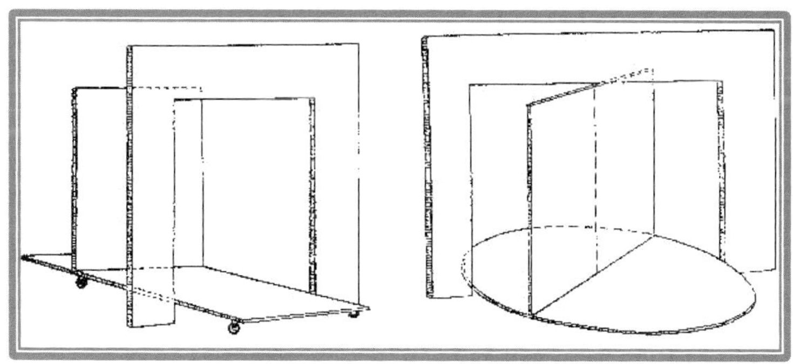

이동식 회전무대인 에퀴클레마의 **추정형태**. Bieber, S.76.

예를 들어 〈평화〉의 시작부에서 비극 무대의 기중기를 사용하지만 에우리피데스의 비극처럼 전개되는 상황을 강제로 해결하려는 의도에서가 아니라 정반대로 극 사건을 전개시키는 출발점으로 사용하고 있다. 이 작품에서는 기중기를 이용해 페가수스를 타고 하늘로 날아가는 대신 농민 신분의 주인공 벨레로폰이 풍뎅이 위에 앉아 아주 조심해서 밧줄나선기중기를 다루라고 무대기사에게 경고하면서 땅에서 공중으로 날아올라 간다. 아리스토파네스의 희극에서 기중기는 〈평화〉이외에 〈구름〉에서도 사용했을 것으로 추정되며, 〈새〉에서는 확실하게 사용했다.

에퀴클레마는 메난드로스의 신희극에서는 아주 드물게 사용했지만 아리스토파네스는 메카네와 마찬가지로 자주, 습관적으로 비극 혹은 비극작가의 패러디를 위해 사용했다. (〈아카르나이사람들〉, 〈기사〉, 〈구름〉, 〈테스모포리아 축제에 참가한 여인들〉) 아리스토파네스는 희극 〈아카르나이 사람들〉에서 에퀴클레마의 사용을 명시하고 있다(406~9행).

---

101) 인위적인 신들의 등장을 통한 인위적인 사건의 해결에 사용되는 기계의 도입은 희극 뿐 아리스토텔레스와 호라츠 역시 부정적으로 서술하고 있다. 〈시학〉 제15장에서 아리스토텔레스는 〈메데이아〉나 〈일리아스〉에서 기계신(mechane)의 사용으로 말미암아 극중 사건 매듭의 해결이 유기적으로, 다시 말해 극중 사건의 자연스러운 발전에 의해 야기되는 것이 아니라 외부에서 갑작스럽게 침입해 들어온 것 같은 느낌을 준다고 비난하고 있다. Aristoteles, Poetik, S.49.

이 장면에서 비극작가 에우리피데스는 지금 막 새 비극을 쓰고 있기 때문에 시간부족으로 걸어서 나올 수가 없다. 그래서 그는 이 회전무대를 이용해 관객들이 내부에서 그가 하는 일을 볼 수 있도록 에퀴클레마를 타고 집밖으로 나오게 된다. 또 〈테스모포리아 축제에 참가한 여인들〉에서 코러스송을 작곡하던 또 다른 유명한 비극작가 아가톤도 에퀴클레마를 타고 집밖으로 나오게 된다(96행).

지금까지 발견된 자료에 따르면 신희극 시기에는 기중기를 사용하지 않은 것으로 보이나 에퀴클레마는 메난드로스의 〈Dyskolos〉에서 사용되고 있다.

이렇게 보았을 때 아직 여러 가지가 불분명하고 논란의 여지가 있지만 아리스토파네스의 구희극이 공연되던 기원전 5세기의 공연환경은 대략 다음과 같은 형태를 갖추고 있었다고 볼 수 있다.

1) 극장은 나무로 만들어졌고, 스케네(무대 장치 구조물)는 작품에 따라 약간씩 다르게 개조될 수 있었다.

2) 후기와 같은 높은 무대는 없었다. 다만 오케스트라 가까이에 얇은 플랫폼이 놓여 있었다.

3) 무대그림은 단순한 형태로 존재했고 프로스케니온은 아리스토파네스 시기에 이미 고정 무대로 사용되었다.

4) 보다 높은 장면을 연기하기 위해 프로스케니온의 지붕이 사용되었다. 그것은 테오로게이온(theologeion)이라고 불렸다.

5) 비록 비극과는 다른 용도였지만 무대 기중기와 에퀴클레마도 사용되었다.

6) 프로스케니온의 기둥 사이에는 작품의 배경을 그린 나무나 천으로 만든 널빤지인 피나케스(pinakes)가 부착되었다.

7) 프로스케니온 전면에 앞으로 튀어나오게 설치한 나무로 만든 세 개의 채색된 그림판(periaktoi)이 사용되었다. 이 그림판은 공연 중에 장면변화를 알리기 위해 회전이 가능했다.

8) 기둥이나 조상, 제단 같은 초기의 그리스 연극 요소들이 모두 남아있
   었다. 거기에 왕관이나 소파, 등잔, 들것, 횃불, 음식, 나무, 꽃수레,
   장식, 남근과 가면 등이 이용되었다.102)

2. 배 우

1) 역 할

그리스 극 공연의 가장 큰 특징 중의 하나는 배우가 일차적으로 현대적인
의미에서의 배우가 아니라 말하는 사람이었다는 점이다. 또한 기원전 5세기
의 배우들의 외관은 일반적으로 알고 있는 것과는 달리 이후의 시기보다 덜
그로테스크했다. 항아리 그림들은 이 당시 배우의 가면이 굵은 선으로 그려
진 자연스런 표정을 지니고 있으며, 움직임이 거북하지 않은 얇은 굽이 있는
장화를 신었던 것으로 묘사하고 있다. 하지만 가면의 착용은 얼굴 표정의 변
화를 불가능하게 했다. 어떤 경우든 이 표정은 오케스트라의 다른 쪽에서
20에서 80미터 떨어진 곳에 앉아 있는 관객들은 보기 힘들었다.

모든 배우들은 남자였으며, (대사가 없는 '엑스트라'와는 별도로) 비극에
는 기껏해야 3명, 희극에는 4~5명의 배우가 있었고, 한 배우가 대개 두
세 파트를 담당했다. 단독 배우는 종종 별 관계가 없는 역할을 연기 혹은
'말'을 했다. 즉 그는 오케스트라를 넘어 가장 멀리 떨어진 관객석에까지 들
리게 하는 역할을 했다. 따라서 목소리는 배우의 가장 큰 장점이었고, 배우
로서의 직업적 전망과 결부되어 있었다. 목소리를 키우기 위해 배우는 목소

---

102) Vgl. Solomos, The Living Aristophanes, S.48-53.

리를 단련하고 금식을 하며, 연습할 모든 기회를 잡는 등 엄격한 훈련을 거쳤다. 목소리의 강함은 배우의 첫 번째 요소였고, 모든 배우가 목소리 훈련을 통해 연극 공연 내내 소리를 지르는 일 없이 말을 전달할 수 있었을 것이다. 가면이 목소리를 증폭시키는 구실을 했다는 증거는 없다.

목소리 크기와 함께 발음의 또렷함과 정확성, 톤의 섬세함, 인물과 분위기에의 적합성 등도 좋은 배우가 되는 조건이었다. 고대그리스 배우는 가면을 통해 여러 역할을 한 만큼 쉽게 어른에서 아이로 남자에서 여자로 목소리를 바꿀 수 있었을 것으로 추정된다.

고대그리스 배우의 능력은 사실상 민주주의 체제 내에서의 공공생활에서도 요구되는 그런 능력이었다. 민회나 법정에서와 마찬가지로 주장의 능력과 전달능력 모두를 갖추어야 했다. 그런 점에서 이 시기의 배우는 관객 참여자들에게 극의 상연자이자 동시에 실질적인 교사의 역할을 했다. 민회처럼 극장 공연은 기원전 5세기에 공적 장소에서의 공적인 행사였고, 이런 점에서 디오니소스 극장은 민회가 열리는 프닉스(pnyx)와 다를 바 없었다.

2) 의상과 가면

희극 배우는 몸에 꼭 달라붙는 옷을 입고, 소매와 장화(somation), 짧은 외투(chiton), 그 위로 망토(himation)를 착용했다. 배와 엉덩이는 심하게 부풀렸다. 그밖에 배우들은 길게 매단 남근을 달고 있었는데 필요에 따라 내려뜨려 놓거나 아니면 발기될 수 있었다.[103] 희극 가면 역시 개별 얼굴표정을 기괴하게 왜곡시켰지만 기원전 5세기의 가면은 헬레니즘 시기나

---

103) 기괴하고, 과도한 크기의 남근은 소위 무대소도구로 희극에 사용된다. 아리스토파네스의 〈벌〉의 코러스는 정상적인 의상의 희극적 전도 속에서 엉덩이에 달린 벌 침으로 남근을(225행) 달고 있다. 나이든 벌-남성들의 화려했던 청년기를 향수에 젖어 회고하는 가운데 남근 역시 역할을 한다. (1060-1062 행).

로마의 그것과는 달리 과장된 것이 아니었다. 당시에는 크기가 더 작았고, 표정에 있어서 좀더 단순했다.104) 때로는 희화화시키는 인물초상가면을 사용했을 것으로 추측된다.

이 시기의 가면에는 유형화가 특징이다. 연극사가 폴룩스(기원전 2세기)는 44개의 각기 다른 유형의 가면 목록을 작성했는데, 나이든 남자들과 젊은 남자들, 나이든 여성들과 젊은 여성들 및 노예로 분류되어 있다.

등장인물의 의상은 신희극 시기와 차이가 있었다. 예를 들어 아리스토파네스의 〈구름〉에서 구름합창단이 소피스트적 사색의 애매모호함을 반영한 것에서 보듯이 구희극 작가인 아리스토파네스의 동료 희극작가들이 코러스와 배우의 의상에서 끊임없이 뭔가 새로운 것을 제공하려고 했고, 의상과 가면을 극의 내용, 특히 추상적인 것을 구상적으로 묘사하기 위해 사용한 반면, 메난드로스와 같은 신희극 시기의 작가는 전통으로부터 새로운 개념을 만들어갔다.

메난드로스는 전통적인 가면과 의상을 사용함으로써 우선 묘사된 등장인물에 대한 관객의 선입견을 조장한 다음 언어적 층위에서, 특히 미세한 특징묘사를 통해 희극 내에서 선입견을 문제시하거나 반박하는 방식을 썼다. 또한 구희극에서 환상적으로 분장한 코러스 역시 종종 술 취한 청소년들로 이루어진 단일한 남성합창단으로 바뀌었다. 배우의 의상은 구희극에 비해 동시대적이고 사실적이지만, 가면의 사용과 남성에 의한 여성역할의 연기는 지속되었다. 가면은 이제(의상의 색과 형태와 함께) 고정된 유형을 묘사하며, 그래서 9명에 이르는 나이든 사람과 대략 10명 정도의 젊은 사람들을 구별할 수 있다.

결국 구희극은 인위적으로 딱딱하게 만든 엉덩이와 속을 채워 부풀린 배,

---

104) Vgl. Bieber, S.36-50. 가면의 사용 목적에 관해서 단지 관객에게 쉽게 눈에 뜨이고, 대사가 잘 전달될 수 있도록 하기 위해서가 아니라 종교적 목적으로 사용되었다는 견해도 있다. 디오니소스 신에 대한 숭배자로서 배우는 자신들의 정체성을 특정한 인물의 모습과 닮은 마스크 속에 숨겼고, 한 인물의 모습을 취하는 것은 이런 과정을 상징한다는 것이다. Vgl. McLeish, A guide to Greek Theatre and Drama, S.9.

그리고 소위 남근 등을 사용해 배우들을 일반적으로 정상적인 인간적인 외형을 넘어서게 만들고 있다. 이런 '배뿔뚝이 무용수' 복장은 아리스토파네스 희극의 환상적인 요소인 새나 구름 등이 아니라 보통 사람을 묘사했던 그 이전 시대의 합창단들에게서도 일반적인 특징이었을 것으로 추정되지만, 단독배우에게는 이런 비정상성이 유보되었을 가능성도 있다.

기원전 5세기 배우들의 발기된 남근은 그리스 희극에 남아있는 전시대의 유물이었다. 그래서 아리스토텔레스의 〈시학〉에 따르면 희극은 의식의 거행, 즉 남근 가요(다산을 기원하는 가요)에서 발전된 것으로 본다. 이 기괴하고, 과장된 크기의 남근은 소위 무대소도구로 희극에 사용되었다. 아리스토파네스의 〈벌〉의 합창단은 엉덩이에 달린 벌침으로 남근을(225행) 묘사하는데, 가랑이 사이로 앞으로 끄집어내고 있다. 벌로 분장한 나이든 남성 코러스는 화려했던 청년기를 향수에 젖어 회고하는 가운데도 남근을 사용한다. (1060-1062 행)

고대그리스희극의 등장인물과 가면

기원전 400년에서 375년 사이에 만들어진 것으로 추정되는 이 희극 등장인물들은 아테네의 같은 무덤에서 발견되었고, 그 때문에 동시대의 것이다. CAD Plate 9.

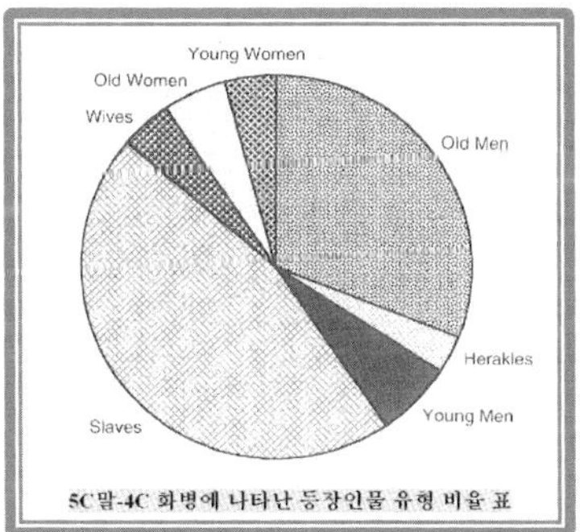

Green, S.71.

Green, S.113.

Bieber, S.42.

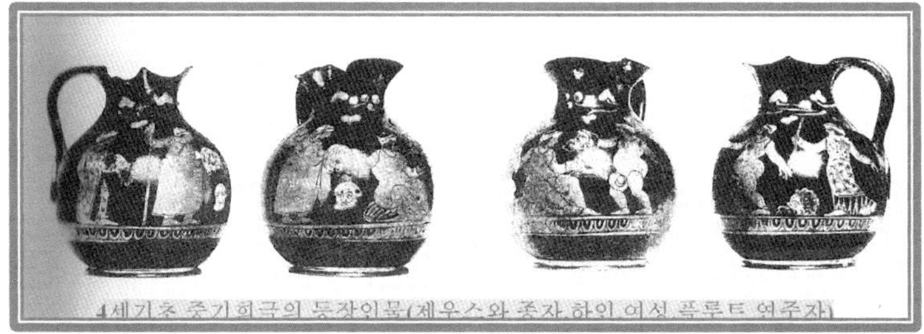

Bieber, S.45.

Bieber, S.102.

Bieber, S.98.

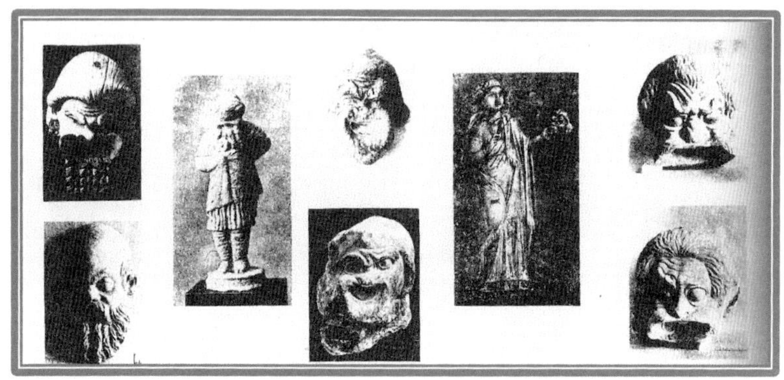

신희극 시대의 아버지 역 가면들. Bieber, S.94.

3) 노래와 춤

음악과 무용은 그리스 드라마에서 양자를 떼어서 생각하기 어려운 통일체였다. 코러스의 낭송시와 기원전 5세기 초의 희극에서 원래 음악과 무용 그리고 말은 필수요소로서 상호간에 균형을 이루는 관계에 있었다. 단독배우 혹은 코러스에 의해 무용과 노래를 부르는 부분은 기원전 5세기 희극공연의 하이라이트로 여겨졌다. 음악, 무용, 상연은 기원전 5세기 희극 작가에게는 공연의 필수요소였고, 희극작가는 공연 대본을 쓰는 작가로서뿐만 아니라 작곡가이자 코러스지휘자로서 책임을 지고 있었다.

Bieber, S.42.

개별 장르에는 특정한 춤들이 전문용어로 부여되어 있었지만(비극=emmeleia, 사티로스극=sikinnis, 희극=kordax) 개별적인 무용동작은 알 수가 없다. 다만 희극의 무용은 전통으로부터 다른 장르보다 자유로웠을 것으로 추측된다.

희극이 발전하면서 무용은 좀더 기예가 중시되는 무용막간극(embolima)으로 독립되었다. 예를 들어 아리스토파네스의 희극 〈부의 신〉 288행에서는 환희의 춤이 따로 고지되고 있다.105) 코러스의 노래와 배우의 독창은 임금을 받는 피리연주자가 반주를 했고, 릴라 반주도 있었다.

기원전 5세기 후반이 지나면서 음악은 점점 더 독자적으로 되었고, 숙련도가 더해졌다.106) 코러스가 오케스트라에 차례로 등장할 때는 일정한 리듬에 맞추어(아나페스트(약약강격)) 열을 지어 행진했고, 코러스장은 중간쯤 위치했다.107)

Bieber, S.42.

희극의 전형적인 구조인 파로도스(parodos)와 스타

---

105) 테스피스와 아이스퀼로스는 코러스를 위해 무용을 직접 만들었다고 한다. 시인은 작곡가, 무용안무가, 연출가, 그리고 어쩌면 기술기사이기도 했다. 아리스토파네스처럼 직접 작품을 연출하지 않고 다른 사람에게 맡기는 경우도 있었는데, 이런 경우에는 공식적인 표기에는 '코러스 교사'가 오르고, 다만 문학적인 관심사로서 우승자의 이름으로는 작가가 표기되었다.

106) 기원전 5세기 전반부터 배우로서 전문가들이 활동했다. 이것은 기원전 5세기 중엽 실시된 배우경연대회가 증명한다. 이건 공연에 필요한 숙련도를 감안하면 필연적인 발전일 것이다. 반면에 합창가요의 음악적 수준은 다소 재능 있는 아마추어의 평균적인 능력에 국한되어 있었다.

107) 적지 않은 희극에서(그리고 또 많은 비극에서) 작가는 예기치 않은 합창 등장 장치를 선택했다. 그래서 〈평화〉와 〈구름〉에서 코러스원들은 관객석에서 등장했다. 〈기사〉에서는 달리는 속도로 등장했고, 〈새〉와 〈여인들의 민회〉에서는 개별적으로 오케스트라에 등장했다.

시마(stasima), 파라바시스(parabasis)와 엑소도스(exodos) 부분에서 코러스가 취했던 율동에 대해서는 잘 알 수 없다. 신희극에 이르러 코러스의 단독 장면인 파라바시스는 쇠퇴했고, 그에 따라 코러스의 역할이 감소하여 극 내용의 부차적인 부분으로 전락했다.

3. 코러스

그리스 낱말 choros 는 노래하고 춤추는 역할을 하는 일군의 사람들을 말한다. 비극의 코러스는 12명이었다가 기원전 5세기 중반에 15명으로 증가했고, 희극은 24명, 사티로스극에는 몇 명의 코러스가 등장했는지 알 수 없다.108) 희극에서 코러스의 기원은 비극보다 더 논란이 많다. 다만 도시디오니소스제에 희극이 제도화된 것이 비극보다 늦었고, 코러스에 할당된 수가 애초에 비극에 주어진 수의 두 배인 24명이라는 점에서 희극의 형식이 부분적으로 비극의 관행을 모델로 하고 있었다는 사실을 추정할 수 있다.109)

그리스 사회에서 코러스의 역사는 길고 복잡하며, 드라마와 별개로 많은 다양한 그리스 시와 확고하게 연결되어 있었다. 그리스 공동체의 생활 속에서 노래나 춤은 다양한 중요 행사에 필수적으로 동반되고 있었다. 또 원래 전래되던 민요가 기록을 통해 시의 형식으로 전하여졌을 것이다. 작곡(문자

---

108) 사티로스극은 연극 공연에서 엄격한 디오니소스적 요소를 유지하기 위해 도입되었다고 알려져 있다. 이런 추정의 근거는 사티로스가 디오니소스 신과 밀접하게 결합되어 있었고, 비극이 광범위한 신화적 주체로 발전함과 동시에 디오니소스 축제를 있게 한 디오니소스 신에 대한 공물을 바치는 특정한 형태가 필요했을 것으로 추정된다. 지금까지 남아 있는 사티로스극의 완전한 텍스트는 에우리피데스의 〈키클롭스〉이다. 사티로스극의 코러스는 춤과 노래를 하는 역할을 맡았으며, 또한 극이 진행되는 과정에 참여했을 것으로 추정된다.

109) Ley, The Ancient Greek theater, S.22f.

적 음악적)에 재능 있는 사람들은 결혼이나 육상 경기의 승리, 부유한 가문의 장례나 종교적 축제 등 특별한 행사를 위해 노래를 제공할 것을 요구 혹은 요청받았을 것이다. 이런 관행은 기원전 5세기와 그 이후까지 지속되었고, 그 중 다수가 코러스에 의해 불려졌고, 종종 한 공동체의 대표들로서 연기되었을 것으로 보인다.

디오니소스 신을 경배하는 비극의 코러스는 기원전 6세기에 처음으로 언급되고 있다. 비록 이 기록이 아테네에서의 코로스를 지칭한 것은 아니지만 고대그리스 세계 전체에 걸쳐 코러스가 광범위하게 존재했다는 증거를 볼 때 아테네에도 코러스가 있었다는 것은 의심의 여지가 없다.

코러스의 활동은 어떤 점에서는 공연이었으며, 그 때문에 코러스를 훈련시키는 트레이너이자 작곡가(didaskalos, 나중의 '극작가')가 필요했다는 것은 당연하다. 이런 역할을 수행한, 역사적으로 언급된 아테네의 최초의 인물은 테스피스였다. 이 트레이너이자 작곡가들이 공연의 일부를 맡기 시작했고, 거기에서부터 배우의 개념이 기원했으며, 노래 대신에 말하는 부분이 점차로 많아지게 되어 결국 오늘 날의 연극의 형태를 취하게 된 것으로 볼 수 있다.110)

만일 비극의 기원이 디오니소스에 대한 봉헌의 특징을 갖는 여러 가지 다양한 코러스 중 특정한 어떤 코러스에서 발전했다면, 이것과 우리가 보통 연극으로 접하게 되는 형태 사이에는 노래와 말이라는 차이가 있다. 아이스퀼로스의 전해지는 비극에서 코러스는 종종 본질적인 역할을 하며, 극의 대부분이 코러스의 노래와 춤을 통해 이루어지는 지속성을 기반으로 하고 있다.

아이스퀼로스 이후의 비극에서는 대개 노래를 의미하는 그리스 낱말로부터 송가로서 알려진 일련의 독립적인 노래들을 담당하는 역할로서 전보다 간헐적으로 극에 나타난다. 이런 고대의 특징은 시간이 지날수록 극의 연기

---

110) 코러스에서 배우의 분화에 이르는 변화의 목적은 공연의 생생한 효과에 있었을 것이다. 배우가 등장하여 그 전에는 내러티브에서 묘사될 뿐인 인물도 스스로 말하게 됨으로써 관객은 좀 더 생생한 무대를 볼 수 있게 되었을 것이다. 그 이후의 변화, 제2배우와 제3배우의 추가를 통해 결국 배우 간의 대화는 코러스에서 독립될 수 있었다.

부분과 코러스 간에 직접적인 연관성이 축소되는 경향을 보여준다.

희극에서 코러스의 존재에 대해서는 이보다 더 복잡하다. 우선 고대 희극의 초기작으로 지금까지 남아 있는 아리스토파네스의 희극도 비극에 비해 늦은 시기의 것이며(가장 이른 아리스토파네스의 〈아카르나이 사람들〉은 기원전 425년에 생산되었다), 희극이 어떤 진화과정을 거쳐 연극적 장르의 하나로 확고하게 발전했는지 전혀 알려져 있지 않기 때문이다. 앞서 본 것처럼 아리스토텔레스의 〈시학〉을 토대로 희극의 기원을 코모스(komos), 즉 디오니소스 신을 경배하는 무질서하고 불경한 행진에서 찾고 있는 데서 코러스와 초기 희극의 관계를 추측할 수 있을 뿐이다.

도시디오니소스제에 희극이 도입된 것은 비극보다 늦은 486년이었고, 코러스에 할당된 수는 애초에 비극에 주어진 수의 두 배인 24명이었다는 사실은 희극이 연극적인 형식을 취하면서 부분적으로 비극의 관행들을 모델로 하고 있었다는 추정을 가능케 한다.

희극에서는 비극과 달리 동물 코러스가 자주 등장하는데, 이것은 코러스가 전통적인 형식의 수용을 거쳐 극적 형태에 달하게 되었다는 강력한 증거가 된다. 기원전 5세기 초와 그 이전 시기의 항아리 그림에는 새 의상이나 말 의상을 한 일군의 남자들이 자주 등장하는 것을 볼 수 있다. 여기서는 한 무리의 남자들은 말을 타고 그들의 뒤를 따르는가 하면 돌고래와 타조를 타고 가는데, 이들은 코러스의 재현으로 보여 진다. 따라서 다양한 분장을 한 특정 코러스가 특정한 희극에서 어떤 효과와 개념을 구현하는지는 연구에 따라 다르게 해석되고 있지만 관객들이 이런 것을 바라고 있었고, 의상 이상의 의미를 지니고 있다는 것만은 확실하다.

결국 특정 무용단에서 고대극의 핵심으로 발전한 코러스의 기원이 여전히 안개에 싸여 있지만 코러스는 전해지는 고대 비극과 희극 모두, 특히 아리스토파네스 희극의 핵심이다. 여기에서 코러스와 코러스가 부르는 노래는 의미심장한 연극적, 주제적 역할을 수행한다.

쉴러의 해석에 따르면 그리스 비극에서 코러스는 관객 앞에서 행위를 논평하는 판관으로서의 '이상적인 관객'을 구현하고, 등장인물들의 '저속한' 행위를 초월함으로써 작가의 '심층적' 담화와 관계를 맺는다. 다시 말해 극사건을 이상화하고 일반화시킨다.111) 동시에 코러스가 전하는 가치들이 관객의 가치와 동일했고, 관객이 완전히 코러스에 동화될 수 있었던 예배, 신앙 또는 이념에 의해 뭉쳐진 단일 공동체였던 고대 폴리스 아테네에서 코러스는 '공동체의 표현'이기도 했다.112)

그밖에도 비극의 코러스는 등장인물로서 사건에 개입한다. 그래서 드라마의 코러스 측면에 거의 관심을 보이지 않았던 아리스토텔레스는 코러스가 배우의 하나로 취급되어야 하며, 그래서 전체와 통합되어야 한다고 주장했다.

또한 작품의 분위기를 설정하고 그 연극적 효과를 제고하는데 도움을 준다. 예를 들어, 다가올 사건에 대해 코러스의 의혹에 찬 표정은 불길한 예감을 창조할 수 있다. 또는 코러스가 잔뜩 기대에 부풀은 표정을 하고 난 직후 재앙적인 사건이 일어나는 경우에 생기는 것처럼 코러스는 극에 강력한 반전을 가져오는데도 일익을 담당한다.113)

이때의 코러스의 기능이 비극공연의 제의적 특성을 강화하고, 비극적 체험을 고조시켜 보다 높은 도덕적 결단을 강조하는 비극의 형이상학적 구성에 적합하게 통합(Integration)에 있다면, 아리스토파네스의 구희극에서 코러스는 오히려 극사건을 상대화하고, 비판적으로 성찰할 수 있는 분산(Desintergration)의 기능을 담당하고 있다는 데서 기능적 차이가 있다. 이것은 구희극에 부여된 사회의 기대지평이 비극의 그것과는 달랐던 데서 이유를 찾을 수 있을 것이다.

5세기 말에 눈에 띄는 경향에서 시작해 4세기에 확고하게 된 후기 희극

---

111) Vgl. Schiller, Über den Gebrauch des Chors in der Tragödie, S.821f.
112) 뿐만 아니라 공연의 측면에서도 코러스는 색조와 명암, 동작 및 장관을 더해준다. 5세기에는 모든 코러스의 막간극이 음악 반주에 맞춰 춤과 노래로 진행되었다. 그렇게 해서 관객들에게 시각적, 청각적으로 강력하게 어필하였다. Vgl. Wiles, Greek Theatre Performance, S.141-144.
113) Vgl. Paulsen, 'Die Funktionen des Chores in der Attischen Tragödie', S.69-92.

에서 코러스에 부여된 역할을 급속하게 감소했다.

메난드로스의 희극들에는 코러스 송을 위해 쓰인 것이 없으며, 단지 코러스가 극에서 지금은 5막으로 불릴 수 있을 것을 나누기 위해 네 지점에서 연기한다는 언급만이 있을 뿐이다. 아리스토파네스의 초기 희극들에서 코러스는 종종 시각적 조크로서 그리고 극의 행동에 밀접하게 참여함으로써 극을 규정하는데 도움을 준다. 메난드로스의 신희극시기에 코러스는 단지 부수적인 오락만을 제공하며 배우들로부터 완전히 분리되었다.

신희극 시기 고대 희극은 환상과 기괴한 육체성의 과장은 동시대적인 사실주의에 밀리게 된다. 이전시기의 특징이었던 코러스의 다양성은 대게 취한 청년들(komos)을 묘사하고 더 이상 그중 줄거리의 일부가 아닌 단일한 인간의 합창이 된다. 기껏해야 처음 등장하여 자신에게 관객의 주목을 돌리게 함으로써 오케스트라에 자신이 있어야 할 이유를 보이고 동시에 배우들이 무대를 떠날 기회를 제공할 때 주목을 끌 뿐이다.

전통적인 코러스 형태와 희극에 등장하는
다양한 형태의 동물 코러스

Green / Handley, S.29.

Green / Handley, S.30.

전사들과 말을 탄 기사들로 구성된 기원전 5세기의
코로스 묘사 장면. Bieber, S.37.

기원전 5세기 초의 새 코로스 장면
Green / Handley, S.18.

기원전 5세기 초의 닭 코로스 장면
Bieber, S.38.

기원전 5세기 중엽 목양신 코러스. Green / Handley, S.19.

4. 관 객

대체로 공공행사의 성격을 띠는 아리스토파네스 희극 시기의 극장 공연을 관람한 관객들의 규모와 성격을 규정하는 요소로는 다양한 요인들을 들 수 있다. 지리적인 요인과 경제적 요인, 신분과 연령, 성별, 외국에서의 참석 여부 등이 관객의 구성에 영향을 미쳤을 것으로 추정된다.114)

1. 도시 내에 살거나 근교에 사는 사람들은 쉽게 극장에 갈 수 있었을 것이다. 하지만 아티카의 가장 먼 지역은 아테네에서 30마일이나 떨어져 있다. 많은 농촌 사람들은 아테네로 걸어가는 것 그리고 거기서 축제기간 동안 머무는 것이 불편하다고 생각했음에 분명하다.115) 농촌지역민들은 나중에 같은 연극이 재공연 될 때 공연을 관람할 기회가 있었다. 도시 축제의 공연에서는 도시 거주자들이 많았겠지만 펠로폰네소스전쟁 초기, 즉 페리클레스의 지도로 아티카 농촌 지역 주민들이 스파르타 군을 피해 도시 안으로 피난했을 때는 농촌 주민들이 더 많았을 것으로 추정할 수 있다.

2. 기원전 4세기에는 분명히 입장료가 있었다. 데모스테네스는 2오볼짜리 좌석을 언급하지만, 모든 좌석이 같은 가격이었는지는 말하고 있지 않다. 그보다 몇 세기 후에 쓴 신빙성이 떨어지는 데모스테네스에 대한 고전 주석자는 공공기금에서 가난한 시민들이 축제에 참석하도록 돈을 지불했다고 전하고 있다. 거기에 따르면 각 시민들이 2 오볼을 받아 1오볼은 그 자신의 생활비를 위해 쓰고 1오볼은 극장 입장료로 사용했다고 전한다.

이 극장 입장료 지불은 페리클레스가 도입한 것으로 기록되어 있다. 플루타르크 역시 페리클레스가 그것을 도입했다고 말하고 있다. 관람석의 가격은 좌석 별로 2오볼 혹은 1오볼이었거나, 모든 좌석이 기원전 5세기에는 1오볼이었

---

114) Vgl. MacDowell, Aristophanes and Athens, S.13-16.
115) Isokrates 7. 52: "많은 시민들은 심지어 축제동안에도 도시에 오지 않고, 대중 오락에서 즐거움을 찾았다." MacDowell, S.13.에서 재인용.

으나 기원전 4세기 들어 2오볼로 올랐을 것으로 추정된다. 이 비용 이 하루 입장료인지, 축제일 전체 의 입장료인지는 불분명하다. 분 명한 것은 연극을 보는 것은 약간 의 비용이 필요했다는 것과 가난 한 시민들은 이 비용을 자가 부담 하고 싶어 하지 않았다는 것이다.

Bieber, S.71.

3. 오직 정규시민만 입장료 지원을 받았다. 거류 외국인들은 자비로 연극을 관람해야 했고, 시민들보다는 적은 수가 참석했을 것이다. 노예들은 주인이 관람료를 내지 않으면 참석할 수 없었다. 만약 입장료 지원이 지역구에 등록된 시민들에 국한되었다면 소년들의 입장료는 아버지가 대신 지불했을 것이다.[116) 아리스토파네스 작품에는 소년들 일부가 그의 작품에 참석했다는 걸 보여준다. (〈구름〉 539, 〈평화〉50, 766)

4. 여성이 연극에 참석했는지는 여러 가지 의견이 있다. 이것도 비극과 희극 간에 구분을 해서 보아야 한다. 아리스토파네스의 희극에는 한 여성 등장인물이 특별히 에우리피데스의 연극을 보았다고 언급하는 대목이 있다. 그리고 다른 증거들 또한 여성들이 비극 공연에 참석했다는 것을 암암리에 말해주고 있다. (〈테스모포리아〉386행, 〈개구리〉1050-1행, 플라톤 〈법〉) 하지만 여성들이 희극도 볼 수 있었는지는 알 수 없다.

주로 아리스토파네스의 희극의 장면들을 토대로 여성들의 참석 혹은 불참 여부를 따지는데, 예를 들어 〈평화〉의 966행에는 여성들이 청중석으로 던져진 보리알을 받지 못한다는 대목이 있지만, 그 이유가 여성관객들이 극장 맨 뒤에 앉아 있어서가 아니라 아예 참석하지 않았기 때문인 것으로 추측하고 있다.

반면에 여성들이 희극을 관람하지 못했다는 것은 〈새〉의 793-6행에서

---

116) 입장료 지원은 지역구의 시민으로 등재된 사람들에게만 수여되었고(Demosthenes 44, 37), 어쩌면 같은 절차가 다른 축제에도 적용되었을 것이다.

암암리에 언급되고 있는데, 이 장면은 유부녀를 유혹하고 싶어 하는 한 남자에 관한 것이다. 이 사람은 그녀의 남편이 극장 관객석에 앉아있는 것을 보고, 그녀가 집에 있다는 것을 확신한다. 또 〈테스모포리아 축제의 여인들〉의 395-7행에서 극장에서 집으로 돌아온 남편들이 아내들이 집에서 다른 외간 남자와 놀아나지 않았는지 의심하며 집을 조사하는 장면이 있다.

하지만 이런 종류의 에피소드 보다 아리스토파네스의 희극에서 연기자들이 관객을 향해 '남자들'이라고 말을 거는 대목이 많다는 점이 여성들이 희극 공연을 보지 않았다는 점을 증명하는 것으로 간주된다. (〈아카르나이 주민들〉 497행, 〈평화〉 13, 244, 276행, 〈새〉 30, 685행, 〈뤼시스트라테〉 1044행, 〈부의 신〉 802행)

이 같은 사실은 단순하게 추측하면 여성들이 아예 극장에 없었기 때문일 것이고, 다른 이유는 여성들이 참석하고 있었지만 무시되었기 때문이었을 것이다. 또 다른 가능성은 여성들이 비극에는 참석할 수 있었으나 희극에는 참석하는 것이 금기시되었거나 자발적으로 참석하지 않았을 가능성이다. 혹은 비록 여성들이 비극에 참석했다 해도 그것은 다른 날에 공연되었을 희극에서는 희극 공연의 외설성과 노골적인 음란성 때문에 참석이 쉽지 않았을 것으로 생각되기도 한다.

5. 아리스토파네스 희극 〈아카르나이 주민들〉은 기원전 425년에 레나이아제에서 공연되었고, 거기서 아리스토파네스는 디카이폴리스라는 등장인물의 입을 빌어 도시디오니소스제와 레나이아제에서 관객 구성에는 중요한 차이가 있다는 것을 확인해준다.

"이번엔 클레온이 외국인이 있을 때 아테네 사람을 모욕했다고 고소하지는 못할 겁니다.
여기엔 우리들만 모여 있고, 지금은 레나이아제의 경연대회니까요.
여기엔 외국인은 한 명도 없습니다.
공물을 가져온 외국인도 없고,
동맹 도시에서도 오지 않았습니다." (502-6행)

봄에 열린 도시디오니소스제 때에 아테네 제국 도시들의 대표들은 연례 공물을 전하기 위해 수송선을 이끌고 아테네에 도착했고, 이들은 당연히 축제에서 연극을 볼 기회를 가졌거나 아테네의 권위와 풍요를 전시하려는 목적으로 장려되었다.

반면 레나이아제는 겨울에 거행되었고, 그 때는 항해가 어려웠기 때문에 항구적으로 아테네에 살고 있는 거류외국인들을 빼고는 아테네에는 외국인이 거의 없었다. 그래서 클레온은 디오니소스제에서 아리스토파네스의 희극이 외국인들이 있는 데서 아테네 사람을 비방했다고 항의할 수 있었지만, 똑 같은 항의를 레나이아제에서 공연된 희극에 대해서는 할 수 없었던 것이다. 하지만 외국인 방문객들은 청중에서 차지하는 비율이 많지 않았고, 극에 큰 영향을 끼쳤다고 보기는 힘들다.

전체적으로 아테네 공동체와 디오니소스 축제의 의미, 그리고 축제의 하이라이트인 연극공연 간의 관계를 고려해 볼 때 관객은 아테네의 시민, 민회를 구성하는 시민과 마찬가지였다. 결국 그리스 시민들은 축제가 시작될 때 관객이자 참여자였다. 비극과 희극은 전 시민의 일이었고, 시민의 공통의 체험영역에 귀를 기울였다. 종종 대화나 코러스가요는 여러 방식으로 작품의 줄거리 속으로 연루되어지는 관객을 넌지시 암시했다. 관객 개개인은 또 수 천 명의 동료 시민들 앞에서 다수의 동료시민들과 함께 한 작품을 공연했던 시민이었다. 따라서 현대의 이질적인 구성을 갖는 관객과 달리 고대 아테네 연극 공연의 관객들은 공간적으로 그리고 정신적으로 하나였고 전체였다고 볼 수 있다.

그들은 저녁에 각 부족에서 가져와 제물로 바친 황소를 나누어 먹었다. 코러스만 의상을 한 것이 아니라 이들 역시 신의 또 다른 상징물인 담쟁이덩굴로 꽃 장식을 했고, 디오니소스의 선물인 와인을 마셨다. 경연대회 내내 와인과 과자를 돌렸다. 포도주와 제물을 나누어 마시고 먹음으로써 신, 관객과 코러스, 더 나아가 아테네와 구성원들의 결속을 다져주었다.

비극이 덫에 걸린 경험을 다룬다면, 희극은 모든 형식의 변형과 탈출을 허용했다. 공연 전반에서 관객은 수용자이자 동시에 생산자였고, 참여적 축제라는 개념이 모든 희극의 기반을 이루고 있었다. 그래서 아리스토파네스의 희극이 보여주듯이 희극은 전통적으로 와인과 음식을 나누는 파티, 배우와 청중이

함께 디오니소스 축제를 찬양하는 방식을 반영하는 파티와 함께 끝난다.117)

고대그리스 희극 공연 장면

1. 약 400년경. 이탈리아 남부, 아풀리안 적회 항아리 그림. CAD Plate 6A. 이 항아리 그림은 오케스트라와 스케네 전면에 위치한 낮은 연단 무대 사이에서 배우들이 자유롭게 움직이고 있는 것을 증명한다. 배우들은 아테네 구희극과 중기 희극에 전형적인 의상과 가면을 쓰고 있다. 늙은이 복장과 가면을 한 나체의 배우가 오케스트라 경계 부분에서 손을 들어 올리고 서 있다. 그 뒤로 역시 벌거벗은 젊은이 하나가 막대기를 들고 다가온다. 그 오른 쪽에 스케네 전면에 선 늙은 여자 한 사람이 오케스트라 쪽의 두 사람에게 동작을 말하는 자세를 취하고 있다. 그녀의 발치에는 염소 두 마리를 담은 바구니가 놓여있다. 특히 이 항아리 그림은 희극 대화의 한 장면을 인용하고 있다.

---

117) Wiles, Greek Theatre Performance, S.32f.

2. 아리스토파네스 〈테스모포리아 축제에 참가한 여인들〉에서 에우리피데스 작품 〈Telephos〉 패러디 장면. Green / Handley, S.52. 아리스토파네스의 작품에 나온 것처럼 그림의 여성은 '희생물의 피를 받기 위해' (다시 말해 와인을 받기 위해) 서 있다. 이 그림이 말하는 것은 여성들은 만취하고 싶어도 그러기 힘들다는 전통적인 농담이다. (Vgl. Green / Handley, S.52.)

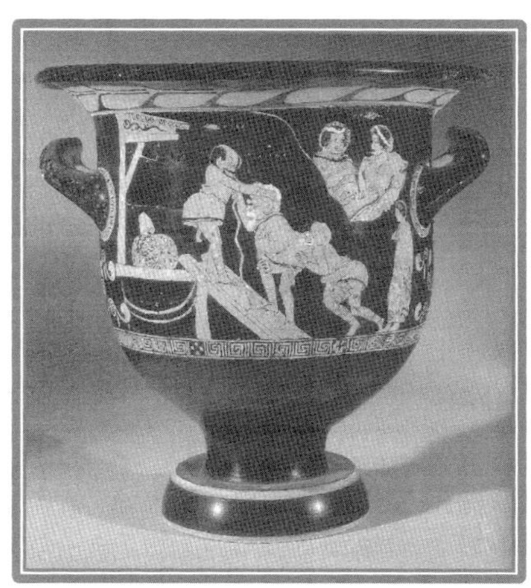

3. 반인반마의 괴물 케이로네스가 등장하는 소실된 구희극의 한 장면. 아

리스토파네스 보다 약간 앞선 시기의 5세기 중반의 희극 작가 크라티노스의 〈케이로네스와 무리들〉, 5세기의 페레크라테스의 〈케이로네스〉, 4세기에도 크라티노스의 〈케이로네스〉란 희극 제목이 전해진다. Green / Handley, S.54.

   4. 구희극의 특징적인 '역할전도'를 보여주는 구희극 장면 묘사. 역할전도의 대표적인 쌍은 아리스토파네스의 〈벌〉에서처럼 취한 아버지와 현명한 아들, 주인과 노예 등에서 나타난다. 카푸아(Capua)에서 발견된 4세기 후반의 이 적회 종 모양 항아리 그림은 일반적인 상식과 다르게 노예가 아니라 주인이(추측컨대 몸을 파는 여자의 집으로) 노예의 소매를 끌고 있다. Green / Handley, S.55.

　5. 정부가 애인이 살고 있는 집 창문을 오르려고 발판을 놓는 아리스토
파네스의 〈민회의 여인들〉의 한 장면을 연상시키는 4세기 중엽의 적회 항아
리 그림. 한 남자가 젊은 여인의 집 문 앞에서 말을 걸고 있다. 아리스토파
네스의 대사를 인용하면, "사랑하는 그대, 빨리 이리와, 빨리 좀! 얼른 내려
와서 문을 열어줘!"하고 말하고 있다. Vgl. Green / Handley, S.56.

　6. 그림 5 와 유사하게 〈민회의 여인들〉의 한 장면을 연상시키는 4세기
중엽의 적회 항아리 그림. 정부가 찾아와 사다리를 타고 애인이 사는 집 창
문을 오르고 있다. Green / Handley, S.56.

7. 타렌트(Tarent)에서 발견된 분화구 모양의 항아리에 그려진 중기희극의 한 장면. 요리사인 노예가 신전 앞으로 과자와 함께 생선을 들고 온다. 4세기 중반. Green / Handley, S.67.

8. 신희극 작가 메난드로스의 희극 〈Synaristosai(아침을 먹는 여인들)〉의 첫 장면. "그런 식사는 먹어본 적이 없어 〔……〕"기원전 4세기 말 만들어진 것을 2세기경에 복사한 바닥 모자이크. Green / Handley, S.78.

제7장 아리스토파네스 희극의 구조

1. 구희극의 서사극적 특성

아리스토파네스가 희극을 공연하던 5세기의 디오니소스 극장에서 관객이 무대 공연의 창조에 참여하는 방식은 현대의 프로시니엄 무대와는 많은 차이가 있다.

프로시니엄 무대에서 목표로 하는 효과는 가능한 한 실재와의 밀접한 유사성인데 비해, 구희극 공연에서는 현실의 환상이 창조되지 않았다. 공연조건과 환경은 그와 같은 실재의 묘사가 거의 불가능했다. 가면과 의상, 움직임은 모두 전통과 연결되어 있었고, 운문 리듬과 음악적 형태는 각각 특수한 전통적인 의미가 주어져 있었다.

구희극에서는 공연자와 관객이라는 서로의 역할을 묵인했지만 상연이라는 사건, 감정 혹은 효과가 실재인 척 하는 시도는 이루어지지 않았다. 반대로 관객은 무대 액션에 몰입하기 보다는 오히려 거기서부터 거리를 두도록, 즉 극장이라는 현실을 지속적으로 자각하기를 요청받았다. 따라서 사실주의적 연극에서 배우와 무대가 공연의 연극성을 숨기기 위해 최선을 다하는 반면 구희극 공연에서 이러한 연극성은 본질적이고 창조적인 요소이다.

인물들은 지속적으로 배정된 역할로 들어갔다가 빠져나온다. 그리고 그들은 습관적으로 실제 현실의 사람과 사건을 극사건의 환상 내의 상징 혹은 인물로 취급한다. 이러한 허구와 사실, 극사건의 실재와 공연 실재의 역동적인 교차는 구희극의 본질적인 특징이다.

이런 연극성은 일부 작품에서는 대개 공연의 도입부에서 곧바로 부각된다. 전해지는 아리스토파네스의 11개 희극 중의 하나인 〈기사〉의 첫 장면은 한 노예가 울면서 집밖으로 뛰쳐나와 도망친다. 그 뒤를 이어 또 다른 노예가 나오고 같은 상황이 발생한다. 관객들이 무슨 영문인지도 모르고 있는 상태에서 두 노예는 직접 관객에게 향한다.

첫 번째 노예: 이봐, 관객들에게 사정을 말해야 하지 않겠어?
(관객에게) 제 주인님은요 [······]118)

또 다른 희극 〈벌〉에서도 마찬가지로 등장인물은 관객에게 사건을 직접 설명한다.

크산티아스(일어나서 관객을 향해):
그래도 우리가 뭘 어떻게 공연할지 관객들에게 얘길 좀 해야겠어 –119)

코러스와 배우는 서막에서 뿐만 아니라 지속적으로 극에서 빠져나와 직접 관객에게 향하면서 무대의 연극적 환상을 파괴한다. 복합적인 성격을 지닌 코러스의 노래와 낭송은 이런 목적을 위해 규정되어 있고, 배우들이 등장하

---

118) Die Komödien des Aristophanes, S.52. (〈Die Ritter〉 36-40행)
　　"Hör, soll ich nicht dem Publikum den Fall vortragen? [······]
　　(Gegen das Publikum) Wir haben einen Herrn [······]"
119) Die Komödien des Aristophanes, S.168. (〈Die Wespen〉 54-5행)
　　"Xanthias(steht auf und wendet sich an das Publikum):
　　Jetzt muß ich aber doch dem Publikum
　　Ein Wörtchen sagen, wie und was wir spielen–"

는 장면들 역시 처음부터 이런 연극적 허구의 파괴를 위해 설정되어 있어서 관객은 수시로 무대와 여루된다.

극사건은 따라서 순수한 자기목적을 가지고 있는 것이 아니라 희극 작가가 의도하는 과제를 수행하기 위한 수단으로 이용된다. 반주자, 코러스, 무대설비기사를 포함한 공연 참가자와 배우 모두 극사건을 진지하게 받아들이지 않고, 극사건뿐만 아니라 극장의 설비를 가지고 농담을 하기도 하고, 관객들과 거리낌 없이 접촉하기도 한다.

예를 들어 〈평화〉에서 트리가이오스는 하늘에서 '축제사절'을 데려와 극장의 맨 앞줄에 앉은 관리에게 넘겨주기도 하고(871행), 제우스의 궁전을 보기 위해 페가수스를 타고 하늘로 오르는 장면을 연기할 때 극장 기구를 이용해 무대 위로 들어올려 지는데, 순간 무서워진 나머지 설비기사에게 직접 고통을 호소하기도 한다.

> 아이구, 무서워! 흥이 싹 가시네.
> 기사양반, 거 조심 좀 하지!120)

또 「새」에서 오디새의 아내인 밤꾀꼬리새의 모습을 보게 해 달라는 두 주인공 피스테타이로스 Pisthetairos와 에우엘피데스 Euelpides의 간청에 코러스의 노래를 반주하던 피리 연주자가 아내 역으로 분장하고 나타나기도 하고, 장엄한 분위기를 북돋우는 가운데 새로 건설한 도시를 신들에게 봉헌하기 위해 제사를 준비하는 피스테타이로스는 대사를 하기위해 피리를 불고 있는 피리 반주자에게 직접 연주를 중단해 줄 것을 요구하면서 괜한 트집을 잡기도 한다.

> 피스테타이로스(까마귀에게 〔피리 반주자의 역할을 한다〕)

---

120) Die Komödien des Aristophanes, S.230. (〈Der Frieden〉 173-4행).
"O Schrechken, wehe! Mir vergeht das Spaßen:
　　Maschienenmeister, gib wohl acht auf mich!"

그만 불어! 이게 뭐야!

세상에, 내 별별 이상한 걸 다 보았지만

재갈로 피리를 고정시킨 까마귀 반주자라니. 이런 꼴은 처음인걸.121)

이렇게 구희극의 배우들은 디오니소스 축제의 경연 무대에서 극중 등장인물을 연기하는 연기자이자 현대로 치면 일종의 러닝 개그의 공연자로서 배우이면서도 중세의 바보 역처럼 언제든지 극사건에서 벗어나 주제적인 논평이나 말장난, 슬랩스틱과 인신공격, 엉뚱한 행동 등을 비교적 자유롭게 할 수 있었다.122)

구희극 이전의 희극 전통에 속하는 환상적 요소 역시 희극의 추상적 주제의식을 구체적으로 창조하기 위해 이용된다. 물론 그 가장 중요한 기능은 아리스토파네스의 작가적 의도를 직관적으로 표현하는데 있었고, 이것 역시 극적 환상과 직접적인 현실 연관성을 제거하는데 기여하고 있다.

아리스토파네스의 희극에 광범위하게 나타나는 동물 코러스는 고대극의 전통적인 부분으로 아리스토파네스에서는 〈새〉나 〈개구리〉, 〈벌〉 같은 작품을 통해서 대표적으로 나타난다.123) 또한 〈구름〉에서의 코러스나 〈평화〉에서의 '전쟁'(극중 폴레모스 Polemos)과 '폭동'(극중 키도이모스 Kydoimos) 같은 추상적 개념의 의인화는 여러 곳에서 나타나는 구희극의 환상적 요소들로서 희극의 극사건을 다른 세계로 이전시키는, 즉 극사건과 현실의 직접

---

121) Die Komödien des Aristophanes, S.305. (〈Die Vögel〉 855-7행).
 "PISTHETAIROS(zum Raben 〔, der als Flötenspiler fungiert〕)
  Hör auf zu Blasen! Wetter, was ist das?
  Beim Zeus, ich sah schon viel′ und närr′sche Dinge,
  Doch einen Maulkorbrabenspielmann nie!"

122) McLeish, The Theater of Aristophanes, S.79ff.

123) 동물코러스와 동물춤은 아리스토파네스 희극에서 가장 흥미롭고 무대효과가 큰 요소에 속한다. 개구리, 벌, 염소, 말 혹은 24가지 종류의 서로 다른 새들로 이루어진 코러스 집단이 오케스트라로 내달려와서 노래하고 춤추었을 때 그것은 엄청나게 다채롭고 마술적인 모습을 제공했을 뿐 아니라 원시적인 제의적 동물 춤의 마적 힘 같은 것을 불러일으켰다.

성을 제거하는 효과를 제공한다.

또 고대극에서 코러스의 존재는 본래 연극이 최소한 두 명의 프로타고니스트들 간에 대화가 시작되는 순간부터 행위를 구현하고 구상화한 것이 아니라, 행위를 암송하고 말(노래와 반주)로 전달하는 것이 연극의 기본 형태였다는 사실을 보여주고 있다.124) 이런 점에서 고대극은 매우 서사적인 형태를 취하고 있는데, 코러스와 함께 프롤로그와 에필로그, 극 진행의 단절, 서술체 메시지의 존재는 드라마적 형식에 남아 있는 서사적인 것의 잔재이며, 극의 화자, 즉 누가 말하고 누구에게 말하는 지를 예측할 수 있게 하는 수단이다.

동물 코러스나 의인화를 통해 무대위에 창조된 공간은 극사건에서 문제시되는 현실의 밖 혹은 현실의 다른 차원으로 공간이동 된다. 이 이동된-미학적-공간 속에서 희극과 희극의 관객들은 현실의 한계를 극복하고 자유로운 비판과 상상력을 동원하고, 자신들의 전통적인 가치를 검증할 수가 있는 것이다.

구희극의 환상적인 발상은 결국 비판되는 현실의 측면을 다양한 관점에서 조망하는 것을 허락함으로써 희극이 창조하는 자유의 공간을 확장하는 중요한 수단이 되는 것이다. 그런 점에서 브레히트 서사극에서 미학적(시)공간 이동을 의미하는 '생소화된 현실'이 창조되는 것이다.125)

이처럼 아리스토파네스 희극에서 볼 수 있는 연극성의 강조, 즉 지속적인 무대 환상의 파괴와 관객과의 직접 소통, 환상적 의인화의 수법을 통한 미학적 이동 공간의 창조는 희극에서 문제되는 극사건의 범례적 성격을 강화

---

124) 이 점과 연관해서 중요한 한 가지 사실은 5세기 그리스 연극이 원래 다수의 시민들로 구성된 코러스가 기본 요소였고, 배우는 부가된 것이라는 점이다.

125) 예를 들어 아리스토파네스는 그의 희극 「새」에서 환상적인 새의 복장을 한 코러스를 등장시켜 당대의 관객에게 새들의 거리를 둔, 타락하지 않은 야생상태를 보여줌으로써 부정적인 현실, 즉 타락해가고 있다고 믿는 아테네 현실의 측면을 드러내려고 시도한다. 이와 다르게 작가의 이런 '생소화된 아테네의 묘사'라는 시도를 부정적인 현실로부터의 미학적 도피나 아니면 당대의 애국주의, 즉 시칠리아 탐험과 그것을 둘러싼 정치적 사건들 같은 동시대 역사의 상징적인 처리로 보는 경우도 있다. Vgl. Solomos, The Living Aristophanes, S.178.

시키고, 희극 작가의 비평적 관점을 드러내는데 기여하고 있다. 하지만 구희극의 서사적 구조를 가장 독특하게 그리고 철저하게 보여주는 구조는 순수 코러스 장면, 즉 코러스가 작가나 시민 일반의 '의지'를 대신해 직접 관객에게 설파하는 장면인 파라바시스에 있다.

2. 파라바시스

고대 아테네 비극이나 유럽의 고전 드라마의 규칙적인 장면 배열과는 달리 구희극에는 정해진 등, 퇴장이나 뚜렷하게 상호간에 구분되는 장면과 막 구성 대신에 일견 배우의 독백과 대화, 코러스의 노래와 코러스와 배우 간의 대화, 코러스가 말하는 부분과 배우들의 액션부분이 뒤섞여 있다. 따라서 구조적인 규범성 보다는 오히려 이들 요소들의 자유로운 결합의 구성을 특징으로 하고 있다.126)

희극의 구조는 대체로 1) 플롯의 핵심을 설명하는 코마티온(kommation) 혹은 서막(prolog), 2) 코러스의 입장 노래와 춤인 파로도스(parodos), 3) 극의 핵심적인 갈등인 논쟁부분인 아곤(agon), 4) 코러스 단독장면인 파라바시스(parabasis) 및 5) 코러스 송가로 나누어지는 에피소드장면(stasima), 6) 결론 부분으로 코러스의 퇴장을 의미하는 엑소도스(exodos)로 구분된다.127) 이 구조가 보여주는 것처럼 희극 구조를 결정짓는 것은

---

126) 아리스토파네스의 개별 희극에서 약간씩 다르게 나타나는 구조상의 변이형을 염두에 두고 그의 희극의 구조상의 특징을 '가변구조'라고 부르기도 한다. Vgl. Möllendorf, Aristophanes, S.14f.

127) 엑소도스 단계에서는 모두가 만취한 행진(komos)이나 결혼(gamos) 혹은 이 두 가지 모두가 거행되면서 즐거움을 나눈다. Vgl. Bloom(Hg.), Aristophanes, S.19.

무엇보다 코러스의 등, 퇴장과 극 중에서의 역할이다.

대강의 희극 공연 전개과정을 살펴보면, 우선 본래의 극시건이 시작되기 전 17.000명에 달하는 디오니소스 극장에 운집한 대규모 관객을 무대에 집중시키고, 극의 주제를 관객들이 이해할 수 있도록 해주는 짧은 배우들 간의 대화 중에(앞 장에서 본 것처럼 여기에는 관객들에게 직접 말 걸기가 들어 있는 것이 보통이다) 무대에 코러스가 등장한다. 코러스의 입장으로 시작되는 파로도스를 통해 코러스는 스스로 혹은 등장인물의 요청에 의해, 또는 우연한 계기로 극사건에 연루되어 주인공의 협력자가 되거나 적대자로 극사건에 능동적으로 참여하게 된다.

예를 들어 〈아카르나이 주민들〉에서 코러스는 폴리스의 의지에 반해 스파르타인들과 사적으로 평화조약을 맺은 반역자 디카이오폴리스 Dikaiopolis 를 찾으러 무대에 나타나 숨어 있다가 주인공이 집을 떠나는 순간 붙잡아 격렬한 말싸움을 벌인다.

〈기사〉에서는 데모스의 노예들이 자신들이 선호하는 후보를 그들의 현재 주인인 선동정치가 클레온에 맞서 노예수장자리에 오르도록 도와달라고 코러스를 데려온다. 〈벌〉에서 코러스는 벌 의상을 한 배심원들로 구성된 코러스가 코러스 동료인 필로클레온 Philokleon을 데리러 왔다가 우연히 체포되는 것을 목격하게 된다.

극사건이 진행되면서 주인공은 주인공과 대립되는 역을 만나게 되고, 그와 논쟁을 진행한다. 코러스의 요청에 따라 이어지는 대화 국면에서 양쪽은 자신들의 대립적인 입장을 설명하는데, 승리자는 대게 나중에 말하는 쪽이다.

파로도스에 이어지는 아곤에서 논쟁의 해결이 이루어지면 승리자가 선포되거나 판결이 이루어진다. 이 국면에서 아곤은 주인공을 승리자로 결정함으로써 극사건을 진전시키는데, 여기서 코러스는 적극적인 논쟁 상대역을 맡거나 아니면 양측의 주장을 듣는 쪽 혹은 판관의 역할을 한다.

예를 들어 〈구름〉의 아곤에서 '누가 수사학에서 최고의 교사인가?'라는 논점은 아곤 자체에서(전통적인 가치와 그 가치를 존중하는) 구교육과(어떤 가치의 존립을 그것이 수사적으로 관철될 수 있느냐에 따라 결정되게 만드는) 신교육의 대결로 발전된다. 여기에 두 명의 우의적인 인물, '정론'과 '사론'이 대결한다. 둘 중 약한 쪽인 정론은 연설이라는 수사적인 학교형식을 이용해 근거를 댄다. 그에 비해 우월한 사론은 여기에 대해 변증법적으로, 즉 심문의 형식을 빌어 논점을 제기해 나가고, 소피스트적 증명방법을 사용해 상대를 모순에 빠지게 만든다. 이런 식으로 형식적으로도 상이한 교육원칙과 스타일이 특징적으로 드러난다.128)

아곤을 거쳐 소위 극사건의 '이상적인 목표'에 도달하고 난 뒤 극사건은 중단되고 코러스 단독으로 진행되는 파라바시스가 이어진다. 파라바시스는 희극과 관객의 관계를 가장 직접적으로 보여주는 구희극의 특징적인 구조로서 여러 가지 다양한 요소들이 결합한 복합적인 구조다.129)

파라바시스의 원래의 의미는 '앞으로 나섬'으로, 무대의 연기가 중단 된 가운데 코러스가 관객을 향해 말을 거는 국면을 말한다. 코러스는 '앞으로' 나서거나 아니면 '옆으로' 향한다. 파라바시스의 복합적인 구성 요소는 코러스가 정치적, 혹은 문학적 주제를 놓고 토론을 벌이는 아나페스트 anapest 와 한 호흡으로 이루어진 흥분된 어조로 낭송하는 긴 문장의 암송 pnigos, 신에게 바치는 송가, 시사적인 문제에 대한 풍자나 충고, 훈계를 담은 에피레마 epirrhema(='후속담화'), 송가와 유사한 부분이지만 신들에게 도움을 청하는 내용을 담고 있는 댓구 송가 antode, 희극적 분위기로 되돌아가는 안티스트로페 antistrophe(='역방향선회') 부분으로 이루어져 있다.

이 구조는 구희극에서 가장 독특한 구성으로 그 내용이 비극과 달리 대부분 극사건과 무관하거나 외면적인 맥락만을 갖고 있고, 비드라마적 요소인

---

128) 여기서는 독특한 결론이 내려지는데, 정론이 패배할 뿐만 아니라 그가 관객, 즉 아테네 민중과 일치하는 것으로 규정한 적대자 쪽에 넘어가기까지 한다. 즉 정론은 새로운 생각을 '올바른' 것으로, 즉 규범에 맞는 것으로 인가한다는 특이한 결론으로 나아간다.

129) 구희극의 형식에 대한 보다 자세한 사항은 Vgl. Picard-Cambridge, Dithyramb, Tragedy and Comedy, S.197ff.

낭독과 노래를 통해 극사건의 흐름을 중단시키는 독립적인 부분이다.130) 대개 코러스는 파라바시스의 첫 부분에서 극중 인물로서의 정체성을 포기하고, 배우들이 무대를 떠난 뒤 관객에게 직접 노래를 부르고 연설을 한다.131)

파라바시스에서 코러스만 남고 모두 퇴장하게 되면 첫 번째로 코러스장이 코러스의 이름 혹은 작가의 이름으로 관객에게 말을 한다. 이 부분에서 코러스장은 작가의 특별한 업적을 부각시키고, 경쟁 작가들을 공격하며, 선대 작가들을 칭송하거나 비판하고, 자신의 정치적 표현을 옹호하거나 폴리스가 자신의 극작에서 얻게 될 큰 유용함에 대해 주장을 한다. 또한 관객과 경연 판정관들에게 경연에 승리할 수 있도록 아첨을 하거나, 자신의 예술을 궁극적으로 무시한 점 등을 질책한다.

예를 들어 〈구름〉의 파라바시스에서 코러스장은 작가를 대변해자신이 뛰어나다고 생각했음에도 희극 경연에서 3등에 그친 것에 대해 불만을 털어놓고 다시 한 번 관객에게 상연하고자 하는 의도를 장광설로 늘어놓는다.

> 관객 여러분, 나를 길러주신 디오니소스 신에 맹세코,
> 나는 여러분들에게 진실을 솔직히 말하겠소.
> 내가 오늘 우승을 바라고 지혜로운 자로 인정받고 싶은 것이
> 사실이듯이 〔……〕
> 하지만 나는 부당하게도 보잘 것 없는 자들에게 져서 물러나고
> 말았소. 이 점에 관하여 나는 불만이오.
> 〔……〕

---

130) 이 구조는 원래 희극 코러스의 기원에 해당하는 일군의 취해 노래하는 자들을 뜻하는 '코모스 komos'에서 발전해서 희극의 중심이 되었다. 원래 파라바시스는 희극의 시작부분에 위치했다. 즉 파라바시스는 코러스를 통해 관객에게 극작가를 소개하고 추천하는 부분을 말하는 것이었다.

131) 여기에는 〈아카르나이 주민들〉, 〈기사〉, 〈구름〉, 〈평화〉, 〈개구리〉가 해당되고, 다른 작품들(〈새〉, 〈뤼시스트라테〉, 〈테스모포리아축제에 참가한 여인들〉)에서는 드라마 내적인 아이덴티티를 유지하는 편이다. 또 '중기희극'으로 분류되는 말기 작품 〈민회의 여인들〉과 〈부의 신〉에서는 파로도스와 엑소도스 외에는 코러스 부분이 전혀 쓰이지 않았다.

나는 언제나 새로운 발상을 보여주려고 노력하는데
그것들은 서로 같은 것이 하나도 없고 모두가 제대로 된 것들이오.
클레온이 권세의 절정에 있을 때 나는 그의 배를 쳤지만
그가 쓰러지자 차마 다시 그에게 덤벼들지 못했소.
그런데 그 자들 〔아리스토파네스의 경쟁 희극작가들]은 휘페르볼로스가 한번 허점을 드러내자
가엾게도 그와 그의 어머니를 계속해서 짓밟았소.132)

보다 중요한 것은 코러스 혹은 코러스의 목소리를 빌어 작가가 동시대의 정치와 문화, 도덕 등 전반적인 도시국가 아테네의 현안들을 관객에게 직접 말하는 파라바시스의 두 번째 부분이다. 코러스가 희극에서 시사적인 문제에 대한 직접적인 입장표명의 주 담당자이고, 동시에 특정인에 대한 조롱과 정치적인 충고의 주담당자라는 사실은 이 요소가 코러스가 소위 광대의 자유를 갖는 디오니소스 축제의 전통에서 온 것이라는 유래를 통해 설명할 수 있다.133)

예를 들어 〈개구리〉에서 '신성한 코러스'는 파라바시스를 다음과 같이 시작한다:

신성한 코러스는 도시에 유익한 것들을 조언하고 가르쳐주는 것이 도리일 것이오.

이어서 코러스장은 국가의 위기 국면에 아테네 시민의 대화합을 역설한다.

첫째, 시민들을 불평등에서 해방하고 그런 우려를 불식해야 한다는 것이 우리의 생각이오 〔……〕
다음, 내 말하지만, 도시 안에서는 어느 누구도 권리를 상실해서는 아니 될 것이오.

---

132) 아리스토파네스 희극. 천병희 역. 서울 2000. S.44-47.
133) Vgl. Newiger, Die griechsche Komödie, S.240-244.

자, 여러분들은 본성이 가장 현명한 자들이니, 노여움을 풀고 우리와 함께 헤젠에 참가한 자들을 누구나 다 동포로서 그리고 동등한 시민으로서 흔쾌히 받아들이도록 합시다. 특히 우리 도시가 파도의 품속에서 흔들리고 있는 지금 우리가 시민권을 가지고 너무 오만하게 굴면서 그렇게 하지 않는다면, 후세 사람들도 우리가 현명하게 행동했다고 생각지 않을 것이오.134)

이렇게 볼 때 파라바시스에서 배우와 관객 간의 대결 관계는 재치있는 유머를 활용하려는 것을 넘어 실제 현실 문제에 대한 진지한 혹은 풍자적인 계기를 만드는 수단으로 사용된다.135)

〈아카르나이 주민들〉의 한 대목에서 코러스가 희극작가를 칭송하면서 말하듯이 희극의 파라바시스 부분은 전체로서 희극 공연의 사회, 정치, 도덕적 비판과 풍자, 연극공연의 디오니소스적, 축제적 의미를 구현하는데 필수적인 구성임을 알 수 있다.

그를 믿으시오. 그는 결코 경건하고 정직한 것을 조롱으로 공격하지 않을 것이

---

134) 아리스토파네스 희극, S.335. 이 대목은 〈개구리〉 공연의 배경을 살펴보면 보다 잘 이해될 수 있다. 시칠리아 원정과 알키비아데스의 스파르타로의 탈주, 과두제 쿠테타와 민주주의의 회복 등을 거치면서 아테네는 내외적으로 극히 혼란스러웠다. 411년과 410년의 두 번에 걸친 아테네의 해상 승리에도 불구하고 군사적 파국은 가까워졌다. 노티온에서의 패배(407년)에 이어 406년의 레스보섬 남쪽의 아르기누세 섬 해역에서 피로스 승리가 이어졌다. 하지만 민회는 바람이 심하게 불어서 난파된 2,000척의 배를 잃었다는 이유로 해상 지휘관들을 사형에 처했다. 이런 분위기에서 405년 1월에 〈개구리〉가 공연되었다. 더 이상 내적인 분열을 없애고 하나로 힘을 모아 외적인 문제를 해결하기 위해서 추방된 아테네인들을 포함한 모든 아테네인들의 대동단결을 요청하는 것이 이 파라바시스의 목적임을 알 수 있다.

135) 코러스의 등장과 함께 일반적으로 극의 중심 부분에서 사건은 이상향적 목표에 도달한 뒤 잠시 휴식을 취한다. 몇 몇 희극에서 코러스는 파라바시스의 첫 부분에서 극사건내에서의 등장인물의 정체성을 포기하고 배우가 무대를 떠난 뒤에 희극합창단으로 이루어진 그룹으로 관객에게 말을 한다. (〈아카르나이 주민들〉〈기사〉〈구름〉〈평화〉〈개구리〉) 다른 작품들(〈새〉〈뤼시스트라테〉〈테스모포리아 축제에 참가한 여인들〉)에서는 그 반대로 그것의 드라마적 정체성을 지속적으로 유지하고 있다.

며. 오직 여러분의 행복을 힘닿는 대로 촉진시킬 건강한 충고만을 약속할 것이요. 그는 일당을 약속하고, 시민들을 어르고, 권모술수로 속인다든지, 아첨 같은 것은 할 줄 모르고, 언제나 최선을 다해 여러분에게 충고해 줄 것이요.136)

아리스토파네스 11개 희극에서 희극적 풍자와 비판, 조롱, 비방의 대상이 되는 역사적 인물들을 조사한 문헌에 따르면 224명으로, 주로 정치적, 군사적, 사법적, 종교적 유명인들과 경쟁관계에 있는 드라마 작가들, 공적인 영역에 참여한 시민 혹은 상층 인사들을 망라하고 있다.

이것은 구희극이 아테네 사회에서 공적인 징계와 사회적 통제의 기능을 수행했다는 점을 보여준다.137) 연극 내적으로 이런 기능은 희극의 서사적 특성을 통해 극 중 역할에서 수월하게 벗어날 수 있는 등장인물을 통해서도 이루어지지만 대부분은 파라바시스, 즉 코러스에 의해 수행된다.

아리스토파네스의 남아있는 희극 전체를 고려할 때 파라바시스가 항상 진지한 경고로 이루어진 것도 아니고 시종일관 극의 줄거리와 무관한 것도 아니지만 원래의 기능, 즉 관객과 무대, 즉 작가를 포함한 시민의 대변자들이 하나라는 사실을 표현하는 기능은 변하지 않았다.138) 하지만 구희극만의 독특한 구조인 파라바시스는 아리스토파네스 후기 작품에서 점차 약화되다 이후 기껏해야 막간 음악 연주시간 혹은 휴식 시간을 메우기 위한 여흥 공연 시간으로 축소되었다. 이것은 결국 희극의 기능변화와 밀접하게 연결된다.

---

136) Die Komödien des AristophaneS. S.29-30. (「Die Acharner」 655-58)
 "Vertrauet ihm denn, nie wird er mit Spott antasten, was heilig und recht ist,
 Nur heilsame Winke verspricht er euch, euer Glück nach Kräften zu fördern.
 Taggelder versprechen, zu hätscheln das Volk, zu beluchsen mit Ränken und Schwänken
 Und Weihrauch streun, das versteht er nicht, stets wird er zum Besten euch raten."
137) Vgl. Möllendorf, Aristophanes, S.44-49.
138) Vgl. Ehrenberg, Aristophanes und das Volk von Athen, S.28ff.

제8장 아테네 공동체의 몰락과 공연 환경 및 제도의 변화

희극은 그리스의 정치적, 사회적 변화에 의해 두 가지 모순적인 방향으로 변화했다. 우선 긴밀한 공동체로서의 아테네의 몰락은 희극의 정치적, 사회적 특성을 약화시켰다. 반면에 그것을 통해, 다시 말해 공동체와의 긴밀한 연관성, 철저한 현실 관련성을 상실함으로써 보다 보편적인 예술형태로 변했고, 그리스 문화가 닿은 전 지역으로 확산되었다. 아테네의 부와 힘의 쇠퇴, 마케도니아의 상승과 알렉산더의 정복, 중동지역 전체로의 그리스 언어와 문명의 확산, 로마의 발흥과 그리스 정복, 로마 제국 권력의 궁극적인 붕괴 등 거의 천년에 가까운 복합적인 역사를 거치면서 연극은 규모의 확산과 다양성의 획득을 가져왔다.

디오니소스 극장은 서기 4세기까지 한 종류 혹은 다른 종류로 사용되면서 지속되었고, 다양한 변화와 재건축이 이루어졌다. 그 밖에 이것을 본 따 이후 전 지역에서 수많은 극장이 건설되었다. 펠로폰네소스의 에피다우로스나 메가로폴리에 있는 거대한 구조들뿐만 아니라 터키 해안 근처의 페르가몬, 혹은 각각의 공동체의 필요성에 따라 다양한 크기의 다른 극장들이 들어섰다. 대개는 디오니소스를 숭배하는 것이었지만 때로는 아폴론이나 다른 일부 신들을 기리기 위해서였다.

이 수많은 극장들에서 연극은 지역 축제에서 연극 경연 속에서 수 천 작품이 공연되었다. 지역 공동체들의 정규 축제에 다른 종종 후견인의 재정지원을 받거나 왕족을 받들기 위해 조직된 아테네의 축제보다 훨씬 더 화려한 축제가 더해졌다. 무대에 오른 극작품, 모여든 청중, 사용된 비용의 총액은 이전 보다 명백히 더 컸다.

이런 후기 시대에서 살아남은 연극 텍스트는 주로 희극이다. 그리스의 메난드로스 및 그의 동시대인들로부터 파생된 플라우투스와 테렌스의 라틴어 작품이 그에 속한다. 이들은 아리스토파네스 스타일의 상상속의 환상적인 비행이나 신랄한 풍자가 아니라 4세기 혹은 3세기 아테네에서 집안 생활의 상승과 몰락을 비추는 풍습희극들이다. 이후의 축제 조직 역시 유사하게 공공적 성격이 엷어지고 오락화, 대중화되었다.

기원전 4세기 이후 아테네 혹은 다른 지역에서의 연극 축제의 진행은 도시의 지도적인 시민들에게 위탁된 것이 아니라 국가의 기금으로 제공된 축제 조직자에게 위탁되었다. 이것이 어떻게 공식적으로 진행되었는지 모르지만(아테네인의 축제라는) 특정지역이 더 이상 중요하지 않았기 때문에 전문가들을 외지에서 불러온 것은 확실하다. 디오니소스 축제를 통해 경험을 축적한 사람들이 여기에 참여했다.

축제 자체는 큰 행사로 남았지만 무척 달랐다. 마케도니아 정복 이후에 도시의 영광은 개인적인 후원자들의 명예와는 별도로 별로 고려되지 않았다. 의례는 형식적인 것으로 지속될 수 있었지만 그것의 초기의 중요성은 대부분 상실되었다. 공중은 오락을 위해 모여들었다.

후기의 극장 형태와 공연관행은 기원전 5세기의 아테네 희극과 비교했을 때 연극과 사회 간의 관계에 대해 함축적인 의미를 발견할 수 있다. 가장 중요한 변화는 코러스와 연관되어 있었다. 지역 시민들로 구성된 무용하고 노래하는 코러스는 희극에서도 핵심적인 위치를 차지하고 있었고, 오케스트라는 코러스가 위치하는 곳이었다. 후기 희극에서 코러스에 부여된 역할은 급속하게 감소했다. 메난드로스의 희극들에는 코러스 송을 위해 쓰여 진 것이 없으며, 난지 코러스가 극에서 시금은 5막으로 불릴 수 있을 것을 나누기 위해 네 지점에서 연기한다는 언급만이 있을 뿐이다.

아리스토파네스의 초기 희극에서 코러스는 종종 예리한 풍자를 위해서 필요하거나, 극의 행동에 밀접하게 참여함으로써 극을 규정하는데 도움을 주는 반면 메난드로스의 신희극시기에 코러스는 단지 부수적인 오락만을 제공하며 배우들로부터 완전히 분리되었다.

또 관객과 희극의 밀접한 상호관계를 보여주는 아리스토파네스 희극의 파라바시스는 5세기 이후에는 없어질 뿐 아니라 희극 코러스 자체가 극과 무관한 막간 희극이 된다. 극에서 코러스의 중요성이 감소했기 때문에 극장의 구조에도 영향을 미쳤다. 원래의 커다란 오케스트라는 크기가 줄었고, 초기의 목재 스케네의 후신인 무대 건물이 관객석으로 한 층 더 가까이 감으로써 오케스트라 구역을 잠식했다.139)

또 연기 구역이 초기의 높이보다 훨씬 위로 올라감으로써 배우는 보다 쉽게 청중들의 눈에 띄었지만 3미터 높이로 청중들과 단절시켰다. 극장은 명백히 어두운 청중석과 밝게 조명이 비추는 무대의 대칭을 이룬 프로시니엄 아치로 발전해갔다. 아테네의 디오니소스 극장으로 소급되는 세 가지 요소, 즉 연기 구역, 오케스트라와 관객석은 이제 단일체로 통합되었다. 더 이상 산비탈의 자연지형을 이용하지 않고 평지에 이 세 요소를 통합한 극장을 건설했다. 무대(프로스케니엄)는 높고 깊게 만들어졌고, 배우뿐만 아니라 모든 공연자들이 이 무대를 이용했다. 오케스트라는 반원형으로 축소되어 고위 신분들을 위한 좌석 구역으로 바뀌었다.

후기 그리스 극장에서 이미 침식되었던 고대의 무용 구역은 이제 완전히 연기 구역과 관객석에 의해 잠식당했고, 결국 현대의 극장모습과 유사한 스테이지를 마주하는 관객석의 구조를 갖게 되었다. 그렇게 폐쇄된 극장은 외

---

139) Vgl. Ley, The Ancient Greek theater, S.23.

부 세계로부터 단절되었다.

극장은 이제 비록 때로 사당이 부속되긴 했지만 성소 혹은 의례를 위한 장소가 아니라 오락과 무엇보다 스펙터클을 위한 장소였다. 기원전 5세기 아테네 극장에서 청중, 코러스 그리고 때로 배우들은 모두 똑같은 입구로 들어왔지만 이제 공중은 완전히 배우들과 유리되었고, 따로 마련된 통로로 입장했다. 극장 내에서 청중은 부와 서열에 따라 구분되었다. 원로원 의원들, 도시 자문 위원단 및 고관들은 오케스트라에 앉았다. 그들 뒤로 14개의 열은 가장 부유한 비 원로원 계급을 위해 예약되었다. 사제를 위한 특별석은 없었다. 공동체 의례에서 세속적 오락으로의 변화가 완성된 것이다.140)

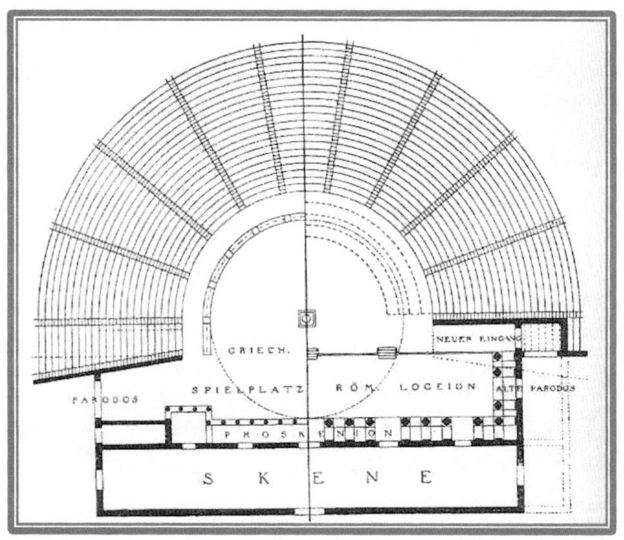

고대 아테네극장(왼쪽)과 로마시대 극장(오른쪽)의 차이. 연장된 테아트론과 연기구역(로게이온)이 오케스트라 구역을 대부분 잠식했음을 볼 수 있다. Bieber, S.71. S.188.

---

140) Vgl. Baldry, Theatre and society in Greek and Roman antiquity, S.18f.

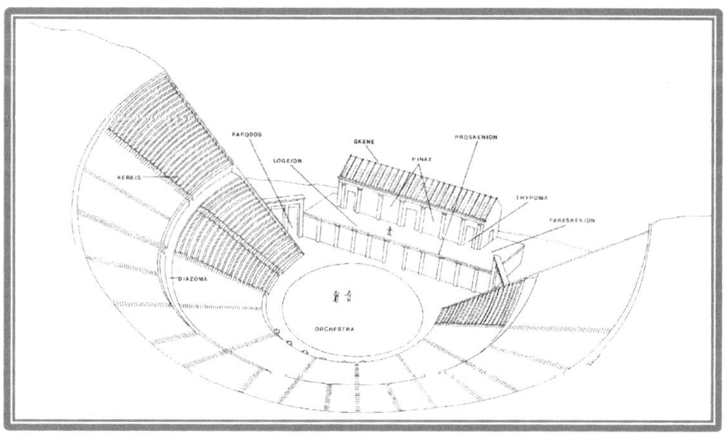

오케스트라와 로게이온에서의 이중 무대를 허용하는 좁고 높은 무대를 특
징으로 하는 헬레니즘 시기의 극장 입면도 (Malyon 재구성). CAD Plate
15A.

프리에네극장 재구성도(Gerkan). B.C. 2세기. Butler, S.23.

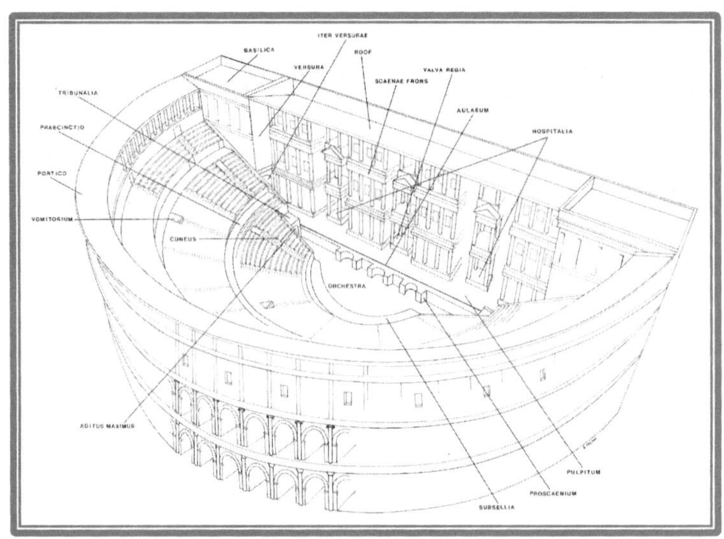

로마극장 입면도(Malyon). CAD Plate 16A,

시리아의 Borsa에 보존되어 있는 로마극장. 높고 가파른 무대와 객석과 완전히 연결된 전형적인 폐쇄구조를 보여준다. CAD Plate 16B.

참고문헌

1. 고대그리스 역사와 문화

Archäologisches Nationalmuseum Athen. Text und Aufnahmen von Spyros Meletzis und Hellen Papadakis.Zürich / Athens 1976.

Bayer, Erich: Griechische Geschichte in Grundzügen. Darmstadt 1988.

Bengtson, Hermann: Griechen und Perser. Die Mittelmeerwelt im Altertum I. Ffm. / Hamburg 1965.

Bleicken, Jochen: Die atheische Demomkratie. Paderborn u.a.O. 1995. (4. Aufl.)

Blundell, Sue: Women in Ancient Greece. Cambridge / Messachusetts 2001.

Burckhardt, Jacob: History of Greek Culture. (tranl. by Palmer Hilty) New York 2002.

Camp, John / Fischer, Elizabeth: The World of the Ancient Greeks. London 2002.

Cartledge, Paul: Cambridge Illustrated History Ancient Greece. Cambridge 1998.

Cohen, David(Hg.): Demokratie, Recht und soziale Kontrolle im klassischen Athen. München 2002.

Dahlheim, Werner: Die griechisch-römische Antike. Bd. 1 Herrschaft und Freiheit: die Geschichte der griechischen Stadtstaaten. Paderborn u.a.O. 1997(3. Aufl.).

Denis, Numa: Fustel de coulanges: Der antike Staat. Kult, Recht und Institutionen Griechenlands und Roms. München 1988.

Durant, Will: Das Leben Griechenlands. (Die Geschichte der Zivilisation. 2. Band) Bern 1939.

Friedell, Egon: Kulturgeschichte Griechenlands. Leben und Legende der vorchristlichen Seele. München 1981.

Green, Peter: Hellenistic History & Culture. Berkley / Los Angeles / London 1993.

Hades, Moses: Hellenistische Kultur. Werden und Wirkung. Stuttgart 1963.

Hammer, Felix: Antike Lebensregeln-neu bedacht. Zürich / Osnabrück 1993. (2. Aufl.)

Hampe, Roland / Simon, Erika: Griechisches Leben im Spiegel der Kunst. Mainz 1985.

Harris, Nathaniel: Illustrierte Geschichte Antikes Griechenland. Staatswesen, Alltagsleben, Kultur. Wien 2001.

Jaeger, Werner: Paideia: the Ideals of Greek Culture. Vol. 1 Archaic Greece. The Mind of Athens. (Engl. transl. by Gilbert Highet) New York / Oxford 1967.

Kagan, Donald: Pericles of Athens and the birth of democracy, New York 1991.

Kagan, Donald: The Pelloponnesian War. New York 2003.

Kirsten, Ernst / Kraiker, Wilhelm: Griechenlandkunde. Ein Führer zu klassischen Stätten. Heidelberg 1967.

Knittlmayer, Brigitte / Heilmeyer, Wolf-Dieter: Die Antikensammlung: Alltes Museum, Pergamonmuseum. Staatliche Museen zu Berlin. Mainz 1998.

Lefkowitz, Mary R.: Die Töchter des Zeus. Frauen im alten Griechenland. München 1992.

Lust an der Geschichte: Leben im antiken Griechenland. Ein Lesebuch. Hg. v. Rolf Rillinger. München 1990.

Martin, Thomas R.: Ancient Greece, New Heaven / London 1996.

Ministry of Culture and Sciences: democracy and classical culture. National Archaeological Museum 21 June-20 October. Athens 1985.

Morkot, Robert: The Penguin Historical Atlas of Ancient Greece.
	Avon 1996.

Pabst, Angela: Die Athenische Demokratie. München 2003.

Pomeroy, Sarah B.: Goddesses, Wohores, Wives, and Slaves. Women
	in Classical Antiquity. New York 1995.

The Oxford Classical Dictionary. Ed. by Simon Hornblower and
	Antony Spawforth. Oxford 2003(3. edition revised).

The Oxford Companian to Classical Civilization. Ed. by Simon Ho-
	rnblower and Antony Spawforth. Oxford 1998.

The Oxford History of Greece and the Hellenistic World. Ed. by John
	Boardman, Jasper Griffin and Oswyn Murray. Oxford / New York
	1988.

The Oxford History of the Classical World. Ed. by John Boardman,
	Jasper Griffin, Oswyn Murray. Oxford / New York 1986.

Vernant, Jean-Pierre: Der Mensch der griechischen Antike. Fra-
	nkfurt / New York / Paris 1993.

Von Scheffer, Thassilo: Die Kultur der Griechen. Köln 2001.

Weber, Carl: Athen. Aufstieg und Größe des antiken Stadstaates.
	Düsseldorf / Wien(o.J.)

Weiler, Ingomar: Griechische Geschichte. Einführung. Quellenkunde.
	Bibliographie. Darmstadt 1976.

Welwei, Karl-Wilhelm: Das klassische Athen. Demokratie und Machtpo-
	litik im 5. und 4. Jahrhundert. Darmstadt 1999.

2. 고대그리스 희극

Adolf, Gustav(Hg.): Das griechische Drama. Darmstadt 1979.

Allen, James Turney: The Greek Theater of the fifth Century before
	Christ. New York 1966.

Arnott, Peter D.: Public and performance in the Greek theatre,
	London / New York 1991.

Ashby, Clifford: Classical Greek Theater. Iwoa 1999.

Baldry, Harold C.: Theatre and society in Greek and Roman antiquity. In: Drama and Society. Ed. by James Redmond. Cambridge/London/New York/Melbourne 1979. S.1-22.

Bieber, Margarett: The History of the Greek and Roman Theater. Princeton 1961. (=Bieber)

Binder, Gerhard/Effe, Bernd(Hg.): Das antike Theater. Aspekte seiner Geschichte, Rezeption und Aktualität. Trier 1998.

Blume, Horst-Dieter: Einführung in das antike Theaterwesen. Darmstadt 1991.

Blume, Horst-Dieter: Zur Aufführungspraxis griechischer Tragödien und Komödien. In: Binder, Gerhard/Effe, Bernd(Hg.): Das antike Theater. Aspekte seiner Geschichte, Rezeption und Aktualität. Trier 1998. S.33-48.

Butler, James H.: The Theatre and Drama of Greece and Rome. New York 1972.

Conner, W. R.: City Dionysia and Athenian Democracy. In: Classica et mediaevalia 40(1989). S.7-32.

Csapo, Eric/Slater, William J.: The Context of Ancient Drama. Michigan 1994. (=CAD)

Dobrov, Gregory W. (Hg.): The City as Comedy. Society and Representation in Athenian Drama. Chapel Hill/London 1997.

Girshausen, Theo: Ursprungszeiten des Theaters. Das Theater der Antike. Berlin 1999.

Goldhill, Simon: The Great Dionysia and Civic Ideology. In: Winkler, John J./Zeitlin, Froma I. (Hg.): Nothing to do with Dionysos? Athenian Drama in its Social Context. Princeton 1992. S.97-129.

Green, J. R.: Theatre in Ancient Greek Society. London/New York 1996.

Green, Richard/Handley, Eric: Bilder des griechischen Theaters. (Aus dem Engl. übers. v. Christian Rochow). Stuttgard 1999.

(=Green/Handley)

Griffiths, Alan(Hg.): Stage Directions. Essays in Ancient Drama in Honour of E. W. Handley. London 1995.

Henderson, Jeffrey: The Demos and the Comic Competition. In: Segal, Erich(Hg.). Oxford Readings in Aristophanes. Oxford/New York 2002(1996). S.65-97.

Herter, Hans: Vom Dionysischen Tanz zum komischen Spiel. Die Anfänge der attischen Komödie. Iserlohn 1947.

Kavoulaki, Athena: Processional performance and the democratic Polis. In: Goldhill, S./Osborne R. (Hg.): Performance culture and Athenian Democracy. Cambridge 1999. S.293-320.

Knox, Bernard: Word and Action. Essays on the Ancient Theater. Baltimore/London 1986(1979).

Kolb, Frank: Polis und Theater. In: Adolf, Gustav(Hg.): Das griechische Drama. Darmstadt 1979. S.504-546.

Kranz, Walther: Geschichte der griechischen Literatur. Bremen(o.J.).

Kroll, Wilhelm und Mittelhaus, Karl(Hg.): Paulys Realencychlopädie der Classischen Altertumswissenschaft. Stuttgart 1934. Bd. 5. Sp. 1384-1422(Theatron).

Kroll, Wilhelm und Mttelhaus, Karl(Hg.): Paulys Realencychlopädie der Classischen Altertumswissenschaft. Stuttgart 1921. Bd. 21. Sp. 1208-1280(Komödie).

Landfester, Manfred: Geschichte der griechischen Komödie. In: Adolf, Gustav(Hg.): Das griechische Drama. Darmstadt 1979. S.354-400.

Ley, Graham: A short introduction to the Ancient Greek theater. Chicago/London 1991.

Lohmann, Hans: Zur baugeschichtlichen Entwicklung des antiken Theaters: Ein Überblick. In: Binder, Gerhard/Effe, Bernd(Hg.): Das antike Theater. Aspekte seiner Geschichte, Rezeption und Aktualität. Trier 1998. S.33-48.

Longo, Oddone: The Theater of the Polis. In: Winkler, John J. / Zeitlin, Froma I. (Hg.): Nothing to do with Dionysos? Athenian Drama in its Social Context. Princeton 1992. S.12-19.

McLeish, Kenneth: A guide to Greek Theatre and Drama, London 2003.

Melchinger, Siegfried: Das Theater der Tragödie. Aischylos, Sophokles, Euripides auf der Bühne ihrer Zeit. München 1974.

Nardo, Don: Greek Drama. San Diego 2000.

Newiger, Hans-Johachim: Zwei Bemerkungen zur Spielstätte des attischen Dramas im 5. Jahrhundert v. Chr. In: ders.: Drama und Theater. Ausgewählte Schriften zum griechischen Drama. Stuttgart 1996. S.70-79.

Newiger, Hans-Johachim: Die griechsche Komödie. In: Drama und Theater. Ausgewählte Schriften zum griechischen Drama. Stuttgart 1996. S.221-259.

Ober, Josiah / Strauss, Barry: Drama, Political Rhetoric and the Discourse of Athenian Democracy. In: Winkler, John J. / Zeitlin, Froma I. (Hg.): Nothing to do with Dionysos? Athenian Drama in its Social Context. Princeton 1992. S.237-270.

Picard-Cambridge, Arthur: Dithyramb Tragedy and Comedy. (2nd. Ed. Revised by T.B.L. Webster) Oxford 1962.

Picard-Cambridge, Arthur: The Dramatic Festivals of Athens. Oxford 1953.

Segal, Eric: The Physis of Comedy. In: Segal, Erich(Hg.). Oxford Readings in Aristophanes. Oxford / New York 2002(1996). S.1-8.

Simhanl, Peter: Theater Geschichte in einem Band(2., überarbeitete Aufl.). Berlin 2001.

Simon, Erika: The Ancient Theatre. New York 1982.

Sommerstein, Alan H.: Greek Drama and Dramatists. London / New York 2002.

Taplin, Oliver: Fifth-Century Tragedy and Comedy. In: Segal, Erich (Hg.). Oxford Readings in Aristophanes. Oxford / New York 2002

(1996). S.9-28.

Webster, T.B.L.: Griechsche Bühnenaltertümer, Göttingen 1964.

Wiles, David: Greek Theatre Performance. An Introduction. Cambridge 2000.

Wiles, David: Tragedy in Athens. Performance space and theatrical meaning. Cambridge 1999(1997).

Wilson, Edwin / Goldfarb, Alvin: Living Theater. A History. Boston etc. 2000(3rd. Ed.).

Wise, Jennifer: The Invention of Theatre in Ancient Greece. Ithaca / London 2000(1998).

Zimmermann, Bernhard: Die griechische Komödie. Düsseldorf / Zürich 1998.

3. 아리스토파네스

1차 문헌

Die Komödien des Aristophanes. Übersetzt und Erläuterung von Ludwig Seeger, 2 Bde. 1. Bd. Text, 2. Bd. Erläuterung. Berlin(o.J.).

2차 문헌

Bloom, Harold(Hg.): Aristophanes. California 2002.

Bowie, A. M.: Aristophanes. Myth, ritual and comedy. Cambridge 1996.

Ehrenberg, Victor: Aristophanes und das Volk von Athen. Zürich 1968.

Gomme, A. W.: Aristophanes and Politics. In: Segal, Erich(Hg.). Oxford Readings in Aristophanes. Oxford / New York 2002(1996). S.29-41.

Harriott, Rosemary M.: Aristophanes. Poet & Dramatist. London / Sydney 1986.

Henderson, Jeffrey: Aristophanes. Essays in Interpretation. Cambridge u.a. 1980.

Kroll, Wilhelm und Mttelhaus, Karl(Hg.): Paulys Realencychlopädie der Classischen Altertumswissenschaft. Stuttgart 1970. Bd. 12.

Sp. 1392-1569(Aristophanes).

MacDowell, Douglas M.: Aristophanes and Athens. Oxford 1995.

McLeish, Kenneth: The Theatre of Aristophanes. New York 1980.

Möllendorf, Peter von: Aristophanes. Hildesheim / Zürich / New York 2002.

Newiger, H.-J. (Hg.): Aristophanes und die alte Komödie. Darmstadt 1975.

Russo, Carlo. F.: Aristophanes. An Author for the Stage. (Original title: Aristofane autore di teatro, Engl. transl. by Kevin Wren) New York / London 1997.

Solomos, Alexis: The Living Aristophanes. Michigan 1974.

Silk, M. S.: Aristophanes and the Definition of Comedy. Oxford / New York 2000

Spatz, Lois: Aristophanes. Boston 1978.

4. 기 타

플라톤. 향연(최현 옮김). 서울 범우사 2002년.

Paulsen, Thomas: 'Die Funktionen des Chores in der Attischen Tragödie'. In: Binder / Effe(Hg.): Das antike Theater, Aspekte seiner Geschichte, Rezeption und Aktualität. Trier 1998.

Schiller, Friedrich: Über den Gebrauch des Chors in der Tragödie. In: Sämtliche Werke, hg v. Gerhard Fricke. 2. Bd. München 1959.

Profitlich, Ulrich: Komödientheorie. Texte und Kommentare. Vom Barock bis zur Gegenwart. Hamburg 1988.

Aristoteles: Poetik. Griechisch / Deutsch. Übers. u. hg. v. Manfred Fuhrmann. Stuttgart 1978.

·저 자 약 력·

이 정 린

고려대학교 독어독문학과 및 동대학원
독일 마인츠대학교 문학박사
고려대학교 독일어권 문화연구소 연구조교수
계간 〈공연과 이론〉 편집위원. 연극평론가
브레히트학회 이사, 카프카학회 이사

아리스토파네스와 고대그리스 희극공연

• 초판 인쇄	2006년 8월 30일
• 초판 발행	2006년 8월 30일
• 지 은 이	이정린
• 펴 낸 이	채종준
• 펴 낸 곳	한국학술정보㈜
	경기도 파주시 교하읍 문발리 526-2
	파주출판문화정보산업단지
	전화 031) 908-3181(대표) · 팩스 031) 908-3189
	홈페이지 http://www.kstudy.com
	e-mail(출판사업팀사업부) publish@kstudy.com
• 등 록	제일산-115호(2000. 6. 19)
• 가 격	21,000원

ISBN 89-534-5606-1 93890 (Paper Book)
      89-534-5607-X 98890 (e-Book)